Michael Kohlhaas

fanfarrões, libertinas & outros heróis
ORGANIZAÇÃO DE MARCELO BACKES

HEINRICH VON KLEIST

Michael Kohlhaas
(De uma crônica antiga)

romance
(1810)

1ª edição

Tradução, posfácio e glossário de
MARCELO BACKES

Rio de Janeiro
2014

Edição das obras completas de Heinrich von Kleist, Terceiro Volume, pela Aufbau Verlag, 4ª edição, 1995, cotejada com várias outras edições

O tradutor agradece à bolsa recebida da Academia Europeia de Tradutores para a tradução da presente obra.

TRADUZIDO DO ORIGINAL ALEMÃO:
Michael Kohlhaas (Aus einer alten Chronik)

PROJETO GRÁFICO E DIAGRAMAÇÃO DE MIOLO
Editoriarte

CIP-BRASIL. CATALOGAÇÃO NA FONTE
SINDICATO NACIONAL DOS EDITORES DE LIVROS, RJ

K72m
Kleist, Bernd Heinrich von, 1777-1811
    Michael Kohlhaas / Bernd Heinrich von Kleist ; [organização e tradução Marcelo Backes]. – 1. ed. – Rio de Janeiro : Civilização Brasileira, 2014.
(Fanfarrões, libertinas & outros heróis)

Tradução de: Michael Kohlhaas (Aus einer alten Chronik)
ISBN 9788520011706

1. Romance alemão. I. Backes, Marcelo. II. Titulo. III. Série.

CDD: 833
CDU: 821.112.2-3

14-08184

EDITORA AFILIADA

Todos os direitos reservados. Proibida a reprodução, armazenamento ou a transmissão de partes deste livro, através de quaisquer meios, sem prévia autorização por escrito.

Este livro foi revisado segundo o novo Acordo Ortográfico da Língua Portuguesa.

Direitos desta tradução adquiridos pela
EDITORA CIVILIZAÇÃO BRASILEIRA
Um selo da
EDITORA JOSÉ OLYMPIO LTDA.
Rua Argentina 171 — 20921-380 — Rio de Janeiro, RJ — Tel.: 2585-2000

Seja um leitor preferencial Record.
Cadastre-se e receba informações sobre nossos lançamentos e nossas promoções.

Atendimento e venda direta ao leitor:
mdireto@record.com.br ou (21) 2585-2002.

Impresso no Brasil
2014

ÀS MARGENS DO RIO HAVEL VIVIA, EM MEADOS DO SÉCULO XVI, um comerciante de cavalos chamado Michael Kohlhaas, filho de um mestre-escola e um dos homens mais honestos e ao mesmo tempo mais terríveis de sua época.

Esse homem extraordinário poderia ter sido considerado, até seu trigésimo ano de vida, o modelo de um bom cidadão. Ele possuía, em uma aldeia que ainda traz seu nome, uma quinta na qual ganhava tranquilamente o pão com seu ofício; os filhos que sua mulher lhe deu, ele os criou no temor a Deus, para o trabalho diligente e a lealdade; não havia um só entre seus vizinhos que não tenha se alegrado algum dia com sua caridade ou sua justiça; resumindo, o mundo teria de abençoar sua memória, caso ele não tivesse se excedido em uma virtude. O sentimento de justiça, porém, fez dele um bandoleiro e um assassino.

Certa vez Kohlhaas cavalgou, com uma tropa de cavalos jovens, todos bem-alimentados e lustrosos, ao estrangeiro, e pensava justamente em como haveria de aplicar o lucro que esperava fazer com eles no mercado: em parte, seguindo o exemplo dos bons comerciantes, em novos lucros, mas em parte também para desfrutar o presente. Foi quando chegou ao rio Elba e encontrou, junto à fortaleza imponente de um cavaleiro, já em território saxão, o tronco de uma cancela levadiça que antes jamais existira naquele caminho. Ele parou com seus cavalos, em um momento em que a chuva caía torrencialmente, e chamou pelo guarda da cancela, que logo em seguida olhou pelo postigo, mostrando um rosto amofinado. O comerciante de cavalos ordenou que ele lhe desse passagem. O que há de novo por aqui?, perguntou, quando o guarda da cancela, depois de um bom tempo, resolveu sair da casa. Privilégios de terras soberanas, respondeu este, já abrindo: concedidas ao fidalgo Wenzel von Tronka.

Pois bem, disse Kohlhaas. O fidalgo se chama Wenzel? E olhou para o castelo, que se destacava em meio ao campo com seus merlões brilhantes. O antigo senhor morreu?

Morreu de um derrame, replicou o guarda, fazendo o tronco da cancela levadiça se erguer.

Hum! Que pena!, acrescentou Kohlhaas. Era um homem idoso e digno, que se divertia com o trânsito das pessoas, ajudava o comércio e as transformações do jeito que podia, e no passado inclusive mandou construir uma barragem de pedra só porque uma égua minha quebrou uma perna lá onde o caminho leva para o povoado. Mas e então, quanto devo?, ele perguntou; e pegou com dificuldade os vinténs que o guarda exigia de dentro do capote que esvoaçava ao vento. Pois é, meu velho, ele acrescentou ainda, já que o guarda murmurava rápido!, rápido!, e praguejava contra a intempérie, se esse tronco tivesse ficado em pé na floresta teria sido melhor para mim e para vós, e com isso lhe deu o dinheiro e quis cavalgar adiante. Ele mal chegara debaixo do tronco da cancela levadiça, contudo, quando uma nova voz, gritando: alto lá, tratante de cavalos!, ecoou atrás dele, vinda da torre, e viu o alcaide fechar uma janela e descer às pressas até onde ele estava. Pois bem, o que será que há de novo?, perguntou Kohlhaas com seus botões e parou os cavalos. O alcaide, ainda abotoando um colete sobre o corpo volumoso, chegou e perguntou, dando as costas à tempestade, pelo salvo-conduto.

Kohlhaas perguntou: o salvo-conduto? E disse, um tanto embaraçado, que, segundo o que sabia, não possuía nada parecido; mas que por favor lhe descrevessem que troço mais importante era aquele, pois talvez casualmente o tivesse consigo. O alcaide, olhando de lado para ele, replicou que sem um certificado de passagem para as terras do fidalgo nenhum tratante de cavalos podia cruzar a fronteira. O tratante de cavalos garantiu que cruzara a fronteira dezessete vezes em sua vida sem um certificado como aquele; que conhecia muito bem todas as disposições relativas àquelas terras no que dizia respeito a seu negócio; que aquilo por certo seria apenas um engano, que ele prometia reconsiderar e que por favor o deixassem seguir adiante logo, já que sua viagem seria longa. Mas o alcaide replicou que ele não passaria assim sem mais por ali pela décima oitava vez, que o decreto havia entrado em vigor apenas há algum tempo, e que ele deveria adquirir o salvo-conduto ali mesmo ou teria de voltar para o lugar de onde viera. O comerciante de cavalos, que já começava a se exasperar com aquelas extorsões ilegais, apeou depois de refletir um pouco, deixou-o com um servo e disse que falaria ele mesmo com o fidalgo von

Tronka a respeito do caso. E logo se dirigiu ao castelo; o alcaide o seguiu, murmurando algo a respeito de endinheirados sovinas e sangrias assaz úteis em suas bolsas; e assim, medindo-se mutuamente com seus olhares, ambos entraram na sala. Naquele exato momento, o fidalgo se encontrava levantando copos com alguns amigos mais animados e, devido a uma piada qualquer, uma gargalhada infinda acabava de soar entre eles quando Kohlhaas se aproximou a fim de encaminhar sua queixa. O fidalgo perguntou o que ele queria; os cavaleiros, ao perceberem o homem estranho, fizeram silêncio; mal este principiara sua reivindicação no que dizia respeito aos cavalos, porém, e o bando inteiro já gritava: cavalos? mas onde eles estão?, e corria para as janelas no intuito de contemplá-los. Ao ver a magnífica tropa, desceram voando ao pátio, seguindo a sugestão do fidalgo; a chuva cessara; alcaide, administrador e servos se reuniram em torno deles, e todos inspecionaram os animais. Um louvava o alazão com a estrela na testa, a outro agradava o baio, o terceiro acariciava o malhado de manchas pretas e amarelas; e todos achavam que os cavalos eram lustrosos como cervos, e que no território inteiro não eram criados outros melhores do que eles. Kohlhaas replicou animado que os cavalos não eram melhores do que os cavaleiros destinados a montá-los; e animou-os a comprá-los. O fidalgo, que se mostrava assaz encantado com o alazão imponente, perguntou logo pelo preço do mesmo; o administrador lhe recomendou comprar uma parelha de morzelos que ele, devido à falta de animais, achava que saberia usar muito bem na propriedade; mas quando o tratante de cavalos havia detalhado quanto queria, os cavaleiros acharam o preço elevado demais, e o fidalgo disse que ele deveria cavalgar até a távola redonda e procurar o rei Artur se quisesse aquilo tudo por seus animais. Kohlhaas, que viu o alcaide e o administrador sussurrando enquanto lançavam olhares significativos aos morzelos e seguindo uma vaga intuição, não deixou faltar em nada para conseguir se livrar dos cavalos, vendendo-os a eles. Disse ao fidalgo: senhor, comprei os morzelos há seis meses por 25 florins de ouro; se me derdes 30, eles serão vossos. Dois cavaleiros que estavam ao lado do fidalgo expressaram de modo bastante claro que os cavalos por certo valiam aquilo; mas o fidalgo achou que pelo alazão com certeza abriria o bolso, mas não pelos morzelos, e fez menção de se afastar; ao que Kohlhaas disse que da próxima vez, quando passasse de novo por ali com seus corcéis, talvez entrasse em negócio com ele; fez uma reverência ao fidalgo, e logo pegou as rédeas do cavalo para partir. Nesse instante, o alcaide se destacou do grupo e perguntou se ele não ouvira que não podia seguir viagem sem um salvo-conduto. Kohlhaas se virou e perguntou ao fidalgo se essa circunstância, que acabava com todo seu ofício, era de fato correta? O fidalgo respondeu, de rosto embaraçado, já indo embora: sim, Kohlhaas, precisas adquirir o salvo-conduto. Fala com o alcaide e depois segue teu caminho. Kohlhaas lhe garantiu que não tinha a menor intenção de desrespeitar prescrições que poderiam existir acerca do translado dos cavalos; prometeu providenciar o documento na chancelaria quando passasse por Dresden, e pediu que só por essa vez, já que nada sabia a respeito da exigência, ele o deixasse partir. Pois bem!, disse o fidalgo, uma vez que as condições do tempo voltavam a piorar e o vento cortava seus membros magros: deixem o pobre-diabo ir embora. Venham!, disse a seus cavaleiros, deu meia-volta, e quis seguir em direção ao castelo. Mas o alcaide disse, voltado para o fidalgo, que o homem deveria deixar pelo menos alguma penhora, a fim de garantir que providenciaria o salvo-conduto. O fidalgo parou mais uma vez junto ao portão do castelo. Kohlhaas perguntou qual o valor que deveria empenhorar, em dinheiro ou em objetos, por causa dos cavalos? Murmurando em meio à barba, o administrador achou que ele poderia deixar os próprios morzelos. De qualquer modo, disse o alcaide, seria isso o mais recomendável: quando o salvo-conduto tivesse sido providenciado, ele poderia retirar os cavalos a qualquer hora. Kohlhaas, confuso ante uma exigência tão desavergonhada, disse ao fidalgo, que segurava as abas do gibão junto ao corpo, tremendo de frio, que isso seria impossível, pois pretendia vender os morzelos; este, porém, uma vez que no mesmo instante uma rajada de vento lançou toda uma carga de chuva e de granizo pelo portão, exclamou, a fim de botar um ponto final na questão: se ele não quiser abrir mão dos cavalos, joguem-no outra vez por cima do tronco da cancela; e foi embora. O tratante de cavalos, que por certo percebia que não era recomendável apelar para a violência naquelas circunstâncias, decidiu-se a atender a exigência, até porque não lhe restava alternativa; desatrelou os morzelos e os levou a um estábulo que lhe foi apontado pelo alcaide. Deixou um servo com os animais, providenciou algum dinheiro para o mesmo e exortou-o a ficar atento aos cavalos até que voltasse, e, com o resto da tropa, prosseguiu sua viagem a Leipzig, onde pretendia participar da feira, elucubrando consigo mesmo, em dúvida, se não teriam de fato criado uma lei semelhante para dar conta da florescente criação de cavalos na Saxônia.

Em Dresden, em um dos arrabaldes da cidade, onde ocupou uma casa com algumas cavalariças, porque era dali que costumava fazer seus negócios com os mercados menores da região, ele foi, logo após a chegada, à chancelaria, onde ficou sabendo pelos conselheiros, dos quais conhecia alguns, aquilo que de qualquer modo já acreditara saber desde o princípio, ou seja, que a história do salvo-conduto não passava de uma fábula. Kohlhaas, ao qual os conselheiros aborrecidos, atendendo a seu pedido, concederam uma declaração por escrito acerca do absurdo, sorriu do chiste do fidalgo magriço, ainda que não soubesse ao certo o que o homem poderia pretender com aquilo; e, para sua satisfação, vendida algumas semanas depois a tropa de cavalos que conduzia consigo, voltou, sem qualquer outro sentimento amargo a não ser o da penúria geral do mundo, ao castelo do fidalgo von Tronka. O alcaide, ao qual apresentou o documento, não se ocupou mais alongadamente do assunto e respondeu, à pergunta do tratante de cavalos, se agora poderia ter seus morzelos de volta: que ele fosse ao estábulo buscá-los. Kohlhaas, no entanto, logo que atravessou o pátio, já teve o desagradável ensejo de saber que seu servo fora espancado e expulso poucos dias depois de ter sido deixado no castelo von Tronka devido a seu comportamento inadequado, conforme se disse. Ele perguntou ao rapaz que lhe deu essa notícia o que o criado havia feito? E quem havia cuidado dos cavalos enquanto isso? Ao que este replicou que de nada sabia, abrindo em seguida o estábulo em que os mesmos estavam, a fim de que o tratante de cavalos, que já sentia o coração inchar de tantos pressentimentos, pudesse entrar. Quão grande foi seu espanto, porém, ao vislumbrar, em vez de seus dois morzelos reluzentes e bem-alimentados, um par de pangarés magros e consumidos; ossos nos quais se poderia pendurar objetos como se fossem ganchos; crinas e rabos desgrenhados, sem manutenção nem cuidados: o verdadeiro quadro da miséria no reino animal! Kohlhaas, ao qual os cavalos saudaram relinchando em um débil movimento, mostrou-se indignado ao extremo e perguntou o que havia acontecido com seus morzelos? O criado, que estava junto dele, respondeu que não lhes havia sucedido infortúnio nenhum, que também haviam recebido o pasto adequado, mas que, uma vez que se estava na época da colheita e a falta de animais de tração era grande, haviam sido utilizados um pouco nos trabalhos do campo. Kohlhaas praguejou contra essa violência vergonhosa e aliás premeditada, mas acabou engolindo, ao se dar conta de sua impotência, sua ira, e, uma vez que não lhe restava outra coisa, já fazia menção de apenas deixar aquele ninho de abutres com os cavalos quando o alcaide, atraído pela troca de palavras, apareceu, e perguntou o que estava havendo ali? O que está havendo?, respondeu Kohlhaas. Quem concedeu ao fidalgo von Tronka e sua gente a permissão de usar para os trabalhos no campo os morzelos deixados com ele? Ele ainda perguntou se isso por acaso era humano, e tentou estimular os cavalos esgotados com um toque da chibata, mostrando que eles sequer se mexiam. O alcaide, depois de olhar para ele desafiadoramente por alguns instantes, vociferou: mas vejam só o brutamontes! Será que o malcriado não deveria antes agradecer a Deus pelo fato de os pangarés ainda estarem vivos? Ele perguntou quem por acaso haveria de cuidar deles, se o servo dera no pé? Se não teria sido adequado os cavalos terem pago com os trabalhos no campo o pasto que lhes havia sido dado? E concluiu dizendo que ele não continuasse com suas caraminholas, pois do contrário chamaria os cachorros e restabeleceria com a ajuda deles a tranquilidade no pátio do castelo.

O coração do comerciante de cavalos batia com força contra o gibão. Sentiu vontade de jogar o barrigudo infame na lama para em seguida meter o pé em sua cara de pau. Mas seu sentimento de justiça, que se assemelhava a uma balança de precisão, continuava titubeando; ante a barreira de seu próprio peito, ele ainda não tinha certeza se uma culpa de fato pesava sobre seu oponente; e enquanto, engolindo em seco as imprecações, ia até os cavalos, e, considerando calmamente as circunstâncias, lhes ajeitava as crinas, perguntou em voz mais baixa: por que descuidos então o servo teria sido afastado do castelo? O alcaide replicou: porque o maroto quis desafiar as regras do castelo! Porque se recusara a admitir uma necessária mudança de estábulo, exigindo sem mais que os cavalos de dois jovens senhores, que chegavam ao castelo von Tronka, pernoitassem ao relento apenas por causa de seus pangarés!

Kohlhaas teria dado o valor de seus cavalos para ter o servo à mão, a fim de poder contrapor seu testemunho ao testemunho do alcaide desaforado. Ele continuava em pé, e acariciava as crinas dos cavalos a fim de lhes tirar os nós, cogitando o que fazer em sua situação, quando a cena mudou de figura num repente, e o fidalgo Wenzel von Tronka, chegando com um grupo de cavaleiros, servos e cães lebreiros, entrou no pátio do castelo fazendo estardalhaço. O alcaide, quando foi perguntado sobre o que estava sucedendo, tomou logo a palavra e, enquanto por um dos lados os cães começaram a latir infernalmente ao ver o estranho e os cavaleiros lhes ordenavam silêncio do outro, mostrou ao fidalgo, distorcendo do modo mais odioso as coisas, a rebelião aprontada por aquele tratante de cavalos, apenas porque seus animais haviam sido usados um pouco nos trabalhos do campo. Ele teria dito, lançando gargalhadas de escárnio, que se recusava a reconhecer aqueles cavalos como seus. Ao que Kohlhaas exclamou: estes não são meus cavalos, severo senhor! Estes não são os cavalos que valiam 30 florins de ouro! Eu quero os meus cavalos bem-alimentados e saudáveis de volta!

O fidalgo desceu do cavalo enquanto uma palidez passageira tomava conta de seu rosto e disse: se este senhor M... não quiser os cavalos de volta, que deixe tudo como está. Vamos, Günther!, exclamou ele... Hans! Vamos!, enquanto sacudia a poeira de suas calças com a mão; e: providenciem vinho!, ele ainda exclamou, quando já se encontrava junto ao portão com os cavaleiros; e em seguida entrou em casa. Kohlhaas disse que preferia chamar o açougueiro, e ordenar que os cavalos fossem jogados ao esfoladouro, a levá-los como estavam de volta a seu estábulo em Kohlhaasenbrück. Deixou os rocins parados no lugar em que estavam sem se preocupar com eles, e montou seu baio, garantindo que saberia providenciar por justiça, saindo a galope em seguida.

Já se encontrava a caminho de Dresden a toda brida quando, lembrando-se do servo e da queixa que contra ele se fazia no castelo, começou a trotar, para em seguida, antes de avançar mais mil passos, fazer seu cavalo dar meia-volta e dobrar a Kohlhaasenbrück, a fim de interrogar antes o servo, conforme lhe pareceu sábio e justo. Pois um sentimento correto, que já conhecia muito bem a frágil constituição do mundo, fez com que ele, apesar das ofensas sofridas, se sentisse inclinado, caso o servo, conforme o alcaide afirmava, realmente tivesse alguma culpa no ocorrido, a aceitar a dor da perda dos cavalos como uma consequência justa dos fatos. Por outro lado, um sentimento igualmente exato lhe dizia, e esse sentimento criava raízes cada vez mais fundas à medida que ele cavalgava adiante, e, em todo lugar que entrava, ouvia das injustiças que diariamente eram cometidas contra os viajantes pelo castelo von Tronka: se todo aquele incidente, conforme parecia, era de fato apenas um jogo de cartas marcadas, ele tinha para com o mundo a obrigação de buscar, munido de todas as suas forças, uma satisfação para a humilhação sofrida, alcançando inclusive segurança para aquelas que ainda poderiam ser sofridas por seus concidadãos no futuro.

Assim que ele, ao chegar em Kohlhaasenbrück, abraçou Lisbeth, sua fiel esposa, e beijou seus filhos, que brincavam em torno de seus joelhos, perguntou logo por Herse, o capataz: e se não se ouvira nada dele? Lisbeth disse: pois é, meu querido Michael, esse Herse! Imagina que o pobre homem chegou aqui há catorze dias, espancado da pior maneira possível; pois é, espancado a tal ponto que nem sequer conseguia respirar livremente. Nós o levamos para a cama, onde ele cospe sangue sem parar, e acabamos por ouvir, após repetidas perguntas, uma história que ninguém entende. Como ele é deixado para trás por ti no castelo do fidalgo von Tronka, com cavalos cuja passagem não é permitida, e como o obrigaram então, com os maus-tratos mais infames, a deixar o castelo, sem que lhe tivesse sido possível levar consigo os cavalos. Então foi assim?, disse Kohlhaas, tirando o capote. E ele já está restabelecido?

Descontado o fato de continuar cuspindo sangue, respondeu ela, mais ou menos. Eu quis mandar imediatamente um servo ao castelo von Tronka, para cuidar dos corcéis até a tua chegada. Pois uma vez que o Herse sempre se mostrou sincero e tão fiel a nós, e de fato o é como nenhum outro, nem sequer cogitei duvidar de sua declaração, apoiada por tantos indícios, e talvez acreditar que tivesse perdido os cavalos de outro modo. Mas ele me implorou que por favor não exigisse de ninguém se apresentar naquele ninho de corvos e que desistisse dos animais caso não quisesse sacrificar um ser humano por causa deles.

Ele ainda está de cama?, perguntou Kohlhaas, livrando-se do lenço do pescoço.

Há alguns dias, respondeu ela; ele já voltou a caminhar pelo pátio. Em resumo, tu verás, prosseguiu ela, que tudo está correto, e que esta ocorrência é apenas um desses delitos que há algum tempo se permite cometer contra os estranhos no castelo do fidalgo von Tronka.

Tenho de investigar isso primeiro, replicou Kohlhaas. Chame-o para mim, Lisbeth, que venha até aqui se estiver de pé! Com essas palavras, ele foi se sentar na cadeira de braços; e a dona da casa, que se alegrou muito com sua calma e serenidade, foi buscar o servo.

O que foi que fizeste no castelo von Tronka?, perguntou Kohlhaas, quando Lisbeth entrava com ele no recinto. Não estou muito satisfeito contigo.

O servo, em cujo rosto pálido a essas palavras se mostrou um rubor cheio de manchas, ficou em silêncio por alguns instantes; e em seguida respondeu: e tendes razão em não estar, senhor!, pois ao ouvir uma criança chorando acabei jogando nas águas do Elba um fio de enxofre que pela providência divina trazia comigo para botar fogo no ninho de corvos do qual fui expulso, pensando logo em seguida: que o raio divino o transforme em cinzas; eu não o farei!

Kohlhaas disse, tocado: mas por que foi que te expulsaram do castelo von Tronka? Ao que Herse disse: por uma brincadeira de mau gosto, senhor; e secou o suor da testa: mas não há como mudar o que já aconteceu. Eu não quis que os cavalos fossem aniquilados nos trabalhos do campo, e disse que eles ainda eram novos demais e não haviam sido treinados. Kohlhaas replicou, tentando esconder sua confusão, que o servo não dissera toda a verdade nisso, pois os cavalos já haviam sido arreados por algum tempo no princípio da primavera passada. Aqui e ali tu bem que poderias ter te mostrado um pouco mais agradável no castelo, ele prosseguiu, onde foste por assim dizer uma espécie de hóspede, ao perceber que os cavalos se tornaram necessários para encaminhar mais rapidamente a colheita.

Mas foi o que eu fiz, senhor, disse Herse. Pensei, uma vez que eles se mostravam carrancudos comigo, que isso ademais não haveria de custar nada aos potros. Na terceira manhã, eu os arreei e trouxe para casa três carroças lotadas de cereais. Kohlhaas, que sentiu seu coração inchando de bondade, baixou os olhos e acrescentou: não me disseram nada a respeito disso, Herse!

Herse lhe garantiu que foi exatamente assim que tudo aconteceu. Minha falta de condescendência, disse ele, residiu no fato de não ter concordado em voltar a atrelar os cavalos ao jugo novamente ao meio-dia, quando eles mal haviam terminado de comer; e no fato de, quando o alcaide e o administrador me sugeriram que em troca do trabalho continuado eu podia alimentar os cavalos de graça e embolsar o dinheiro que vós deixastes comigo para tanto, ter lhes respondido que faria coisa bem diferente com eles; dando-lhes as costas em seguida e indo embora.

Mas não foi por essa falta de condescendência, disse Kohlhaas, que tu acabaste expulso do castelo von Tronka.

Deus me livre, exclamou o servo, foi por uma ação bem mais ímpia! Pois ao anoitecer os corcéis de dois cavaleiros que chegaram ao castelo von Tronka foram conduzidos ao estábulo, e os meus atados à porta do mesmo. E uma vez que tirei os morzelos das mãos do alcaide, que ali os alojara, ele próprio, e lhe perguntei onde os animais portanto iriam ficar, ele me mostrou um chiqueiro que havia sido construído com ripas e tábuas junto ao muro do castelo.

Estás querendo dizer, interrompeu-o Kohlhaas, que era uma instalação tão ruim para cavalos que parecia antes um chiqueiro do que um estábulo.

Era um chiqueiro, senhor, respondeu Herse; real e verdadeiramente um chiqueiro, lotado de porcos entrando e saindo, no qual eu nem sequer conseguia ficar em pé.

Talvez não houvesse outro alojamento disponível para os cavalos, acrescentou Kohlhaas; os corcéis dos cavaleiros de um certo modo tinham preferência.

O lugar, respondeu o servo, baixando a voz, era reduzido. Ao todo havia então sete cavaleiros hospedados no castelo. Se fosseis vós o responsável, teríeis feito com que os cavalos se juntassem um pouco mais. Eu disse que queria procurar um estábulo para alugar no povoado; mas o alcaide replicou que tinha a obrigação de manter os cavalos sob seus cuidados, e que eu não me atrevesse a levá-los para longe do pátio do castelo.

Hum!, disse Kohlhaas. E o que respondeste a isso?

Uma vez que o administrador falou que os dois hóspedes apenas pernoitariam, e na manhã seguinte cavalgariam adiante, conduzi os cavalos para dentro do chiqueiro. Mas o dia seguinte passou sem que isso acontecesse; e quando o terceiro principiou, disseram que os senhores ainda ficariam algumas semanas no castelo.

Ao final das contas não foi assim tão ruim quanto te pareceu no chiqueiro, Herse, disse Kohlhaas, quando enfiaste teu nariz dentro dele logo no princípio.

É verdade, respondeu aquele. Uma vez que varri um pouco o local, foi possível aguentar. Dei um tostão à criada para que enfiasse os porcos em outro lugar. E no dia seguinte providenciei também para que os cavalos pudessem ficar em pé, direitinho, tirando as tábuas de cima dos postes que as sustentavam quando a aurora rompia, para colocá-las de volta apenas ao anoitecer. Eles passaram a espiar como gansos no meio do telhado, procurando por Kohlhaasenbrück, ou algum lugar onde as coisas talvez fossem melhores.

Mas e então, perguntou Kohlhaas, por que foi, com raios e trovões, que te expulsaram do castelo?

Senhor, eu já vos direi, acrescentou o servo, por que queriam se livrar de mim. Porque eles não podiam acabar com os cavalos enquanto eu estivesse presente. Por todo o lugar, no pátio e no quarto da criadagem, faziam carrancas para mim; e uma vez que eu apenas pensava: podem retorcer a boca até ficar aleijados, eles acabaram me expulsando do castelo simplesmente por ter lhes dado na veneta.

Mas e o motivo!, exclamou Kohlhaas. Eles devem ter tido algum motivo!

Oh, com certeza, respondeu Herse, e o mais justo imaginável. Na noite do segundo dia que passei no chiqueiro, tirei de lá os cavalos que estavam completamente emporcalhados e quis levá-los ao bebedouro. E quando estava passando pelo portão do castelo, já me virando para sair, eis que ouço o alcaide e o administrador se precipitando atrás de mim com servos, cães e cajados, saindo todos do alojamento da criadagem e gritando, alto lá, segurem o ladrão! Alto lá, providenciem uma corda! Como se estivessem todos possessos. O guarda do portão se pôs no meu caminho; e, uma vez que eu perguntasse a ele e ao bando de alucinados que corria atrás de mim: o que está havendo? o que está havendo?, o alcaide me respondeu, já tomando as rédeas de meus dois morzelos: para onde o rapaz está pensando que vai com os cavalos?, ele perguntou, e já foi me agarrando pela camisa. E então eu digo para onde estou pretendendo ir? Raios e trovões se digo! Estou cavalgando até o bebedouro. O senhor não está pensando que eu...? Até o bebedouro?, exclama então o alcaide. Eu vou te ensinar, seu trapaceiro, a beber todo o pó da estrada que leva até Kohlhaasenbrück! E logo já me lançam, cheios de troça, ele e o administrador que me agarra pela perna, para baixo do cavalo com um golpe de matar, fazendo com que eu, comprido como sou, meça toda a largura daquela lama. Maldição! Com os diabos!, eu exclamo, arreios e cobertas jazem, além de uma trouxa de roupas, à minha frente, no chão; mas o alcaide e os servos, enquanto o administrador leva os cavalos embora, caem de pancadas sobre mim, usando pés e chicotes e cajados, até que fico caído, meio morto, atrás do portão do castelo. E uma vez que eu digo: cachorros ladrões! Para onde estão levando meus cavalos, levantando-me logo depois, o alcaide grita: fora do castelo com ele!, e em seguida: pega, Imperador! pega, Caçador!, são os gritos que ecoam, e ainda: pega, Lulu!, enquanto toda uma matilha de mais de dez cachorros cai sobre mim. A isso eu arranco, será que foi uma ripa, não sei bem o quê, da cerca, e deixo três dos cachorros estatelados à minha frente; mas, uma vez que preciso me desviar, torturado por aquela carneação miserável: piiiii!, soa um apito; e os cachorros entram no pátio, as abas do portão se fecham, a tranca cai: enquanto eu tombo desmaiado no meio da estrada.

Kohlhaas disse, o rosto empalidecido, fazendo força para conseguir zombar: também não quiseste fugir, né, Herse? E, uma vez que este, o rosto quase azul de tão vermelho, baixasse os olhos, prossegue dizendo: confessa, não gostaste nem um pouquinho do chiqueiro; pensaste que no estábulo em Kohlhaasenbrück era tudo muito melhor.

Raios e trovões!, exclamou Herse; acabei deixando arreios e cobertas, e uma trouxa de roupas, no chiqueiro. E se não tivesse enfiado no bolso os três florins imperiais que eu havia escondido no lenço de pescoço de seda vermelha, por trás da manjedoura? Raios, inferno e mil demônios! Quando vos ouço falando assim, logo me arrependo de não ter acendido logo de uma vez o fio de enxofre que joguei fora.

Ora, ora!, disse o comerciante de cavalos; não quis te incomodar com o que acabo de dizer! Acredito palavra por palavra naquilo que disseste; e até tomaria a santa comunhão, se fosse o caso, depois de dizer o que digo. Lamento não teres passado por melhores tratos a meu serviço; vai, Herse, vai para a cama, pede que tragam uma garrafa de vinho e tenta te consolar: vais ter justiça por aquilo que te aconteceu! E com isso se levantou, elaborou uma lista com as coisas que seu capataz havia deixado no chiqueiro; especificou o valor das mesmas e lhe perguntou, também, em quanto avaliava os custos de seu tratamento; e em seguida o deixou ir, depois de lhe estender mais uma vez a mão.

Mais tarde contou a Lisbeth, sua mulher, todo o desenrolar da história em seus mínimos detalhes, explicou a ela como estava decidido a reivindicar a justiça pública em seu favor, e viu com alegria que ela o apoiava de todo o coração nesse propósito. Ela disse inclusive que também outros viajantes, talvez menos pacientes do que ele, certamente não deixariam por menos ao passar pelo castelo; que seria uma obra verdadeiramente divina terminar com desordens semelhantes àquela; e que ela mesma daria um jeito de providenciar para ele o dinheiro para os custos causados pela condução do processo. Kohlhaas disse que ela era uma mulher destemida, alegrou-se com aquele e com o dia seguinte junto dela e de seus filhos, e, assim que seus negócios de algum modo lhe permitiram, partiu a Dresden a fim de apresentar sua queixa ante o tribunal.

Chegando ali ele redigiu, com a ajuda de um versado em leis que conhecia, uma queixa na qual, depois de uma descrição criteriosa das iniquidades que o fidalgo Wenzel von Tronka havia cometido tanto contra ele quanto contra seu servo Herse, reivindicava a punição do fidalgo conforme a lei, o restabelecimento dos cavalos a seu estado anterior e a compensação pelos danos que tanto ele quanto seu servo haviam sofrido com isso. A questão legal era de fato clara. A circunstância de que os cavalos haviam sido apreendidos de modo injusto lançava uma luz definitiva sobre todo o resto; e, mesmo que se pretendesse supor que os cavalos teriam adoecido por puro acaso, a reivindicação do tratante de cavalos, exigindo que os mesmos lhe fossem devolvidos com saúde, ainda teria sido justa. Enquanto permanecia em Dresden, Kohlhaas também percebeu que de modo algum lhe faltavam amigos, e muitos prometeram apoiar de modo vivaz a sua causa; o comércio espraiado que ele praticava com seus cavalos havia lhe proporcionado o conhecimento de todos, e a honestidade com que obrava lhe proporcionara o bem-querer dos homens mais importantes do território. Almoçou várias vezes alegremente com seu advogado, que era, ele próprio, um homem notável; deixou com ele uma boa soma em dinheiro para o financiamento dos custos do processo; e, depois de algumas semanas, voltou, completamente tranquilizado pelo causídico em relação ao desfecho de sua questão legal, a Kohlhaasenbrück, para junto de Lisbeth, sua esposa. Assim se passaram meses, e o ano estava prestes a terminar antes que ele recebesse, da Saxônia, um esclarecimento, por mais simples que fosse, acerca da queixa que havia encaminhado, quanto mais uma resolução definitiva. Perguntou a seu assessor jurídico, depois de várias vezes ter se apresentado novamente no tribunal, em uma carta de tom familiar, o que haveria de estar causando um atraso assim tão grande; e ficou sabendo que a queixa, ao chegar a uma instância superior, no tribunal de Justiça de Dresden, havia sido completamente indeferida. Ao questionamento do tratante de cavalos sobre qual teria sido o motivo para tanto, o advogado lhe informou: que o fidalgo Wenzel von Tronka era aparentado de dois jovens senhores, Fulano e Beltrano von Tronka, dos quais um era copeiro e outro inclusive camareiro junto ao soberano. O advogado ainda lhe aconselhou que, sem fazer novos esforços junto à instância jurídica, tentasse recuperar seus morzelos que até o presente ainda se encontravam no castelo von Tronka; também lhe deu a entender que o fidalgo, que se encontrava na capital, parecia haver instruído seu pessoal a entregar os cavalos; e encerrou requerendo que, caso não se desse por satisfeito com isso, pelo menos o poupasse no que dizia respeito a quaisquer novas petições em relação à causa.

Nessa época Kohlhaas se encontrava em Brandemburgo, onde o corregedor da cidade, Heinrich von Geusau, a cuja jurisdição pertencia Kohlhaasenbrück, estava ocupado em edificar várias instituições de caridade, para doentes e pobres, a partir de um fundo considerável que fora concedido à cidade. O corregedor estava especialmente preocupado em instalar, para o uso dos padecentes em geral, uma fonte mineral localizada em um povoado da região, e de cujos poderes curativos se esperava bem mais do que no futuro se confirmou receber; e, uma vez que Kohlhaas o conhecia devido a vários contatos dos tempos em que estivera na corte, permitiu a Herse, seu capataz, que desde aquele dia terrível no castelo von Tronka continuava sentindo uma dor no peito a cada movimento respiratório, testar o efeito da pequena fonte curativa, provida de telhado e muretas. Aconteceu que o corregedor justamente naquele dia estava presente, a fim de providenciar alguns arranjos, junto ao manancial no qual Kohlhaas havia deitado Herse, e viu quando o comerciante de cavalos recebeu a carta acachapante de seu assessor jurídico vinda de Dresden, trazida por um mensageiro que a mulher havia mandado atrás dele. O corregedor que, enquanto falava com o médico, percebeu que Kohlhaas deixava cair uma lágrima sobre a carta que recebera e abrira, aproximou-se de modo amistoso e cordial e lhe perguntou que desastre o atingira; e, depois que o comerciante de cavalos, sem responder, apenas lhe estendeu a carta, aquele honrado homem, que sabia da injustiça execrável que fora cometida contra o seu conhecido no castelo von Tronka, cujas consequências aliás possivelmente tinham deixado aquele pobre Herse doente para o resto da vida, bateu no ombro de Kohlhaas e lhe disse: que ele não devia se desencorajar; pois ele próprio o ajudaria no sentido de alcançar satisfação para sua demanda! Ao anoitecer, uma vez que o tratante de cavalos, conforme suas ordens, havia se dirigido a seu castelo, o corregedor lhe disse que simplesmente enviaria uma súplica, com uma breve exposição do incidente, ao príncipe eleitor de Brandemburgo, anexando a carta do advogado e invocando a proteção soberana ante a violência que haviam se permitido cometer contra ele em território saxão. O corregedor lhe prometeu levar a petição, junto com um outro pacote, que já estava pronto, pessoalmente às mãos do príncipe eleitor, que por sua vez faria com que ela chegasse infalivelmente ao príncipe eleitor da Saxônia, caso as circunstâncias assim permitissem; e mais do que o referido passo não seria necessário a fim de conseguir justiça para ele junto ao tribunal de Dresden, apesar das artes do fidalgo e seus asseclas. Kohlhaas, vivamente satisfeito, agradeceu ao corregedor do modo mais cordial por essa nova prova de afeição; disse que lamentava não ter, antes mesmo de dar qualquer passo em Dresden, apresentado sua queixa logo em Berlim; e, depois de ter registrado a queixa na chancelaria do tribunal citadino exatamente conforme as exigências e entregá-la ao corregedor, voltou a Kohlhaasenbrück, mais tranquilo do que nunca com o desfecho de sua história. Mas já depois de poucas semanas teve o desgosto de saber por um suserano que foi a Potsdam atendendo a negócios do corregedor, que o príncipe eleitor havia repassado a petição a seu chanceler, o conde Kallheim, e que este não a encaminhara imediatamente à corte, em Dresden, conforme parecia apropriado no sentido de investigar e punir a violência, mas sim acabara solicitando informações prévias e mais detalhadas junto ao fidalgo von Tronka. O suserano que, estacionando o coche diante da residência de Kohlhaas, parecia ter o encargo de trazer a notícia ao comerciante de cavalos, não pôde lhe dar uma resposta satisfatória à pergunta: qual o sentido, nesse caso, de entrar com um processo? E limitou-se apenas a acrescentar, ainda: que o corregedor mandava lhe dizer que tivesse paciência; e inclusive parecia apressado em prosseguir sua viagem; só ao final da breve conversa é que Kohlhaas adivinhou, a partir de algumas palavras lançadas ao léu, que o conde Kallheim era um parente cruzado da casa dos von Tronka.

Kohlhaas, que já não se alegrava mais com a criação de cavalos, nem com sua casa e sua quinta, nem mesmo com sua mulher e seus filhos, permaneceu silencioso e pensativo até a lua seguinte, imaginando um futuro sombrio; e, exatamente de acordo com sua expectativa, depois de passado esse tempo, Herse, ao qual o banho havia trazido algum alívio, retornou de Brandemburgo com um recado do corregedor, acompanhado de um rescrito maior, cujo conteúdo era o seguinte: ele lamentava muito nada poder fazer em favor de sua causa; enviava-lhe uma resolução da chancelaria entregue a ele, e lhe aconselhava buscar os cavalos que deixara no castelo von Tronka e deixar a questão de lado.

A resolução dizia: "ele era, conforme relatórios do tribunal em Dresden, um quizilento inútil; o fidalgo, com o qual havia deixado os cavalos, de modo algum os retinha consigo; que ele mandasse alguém ao castelo para buscá-los, ou pelo menos comunicasse ao fidalgo para onde deveria enviá-los; mas que entretanto poupasse, a partir de então, fossem quais fossem as circunstâncias, a chancelaria de tais inconveniências."

Kohlhaas, para quem não se tratava dos cavalos — sua dor teria sido a mesma caso se tratasse de dois cachorros —, espumou de raiva ao receber aquela missiva. A cada ruído que ouvia no pátio, olhava para o portão de entrada com a mais asquerosa das esperanças que jamais comovera seu peito, a fim de ver se o pessoal do jovem fidalgo não aparecia para lhe devolver, talvez até com um pedido de desculpas, os cavalos emagrecidos e esgotados; era certamente o único caso em que sua alma bem educada pelo mundo se mostraria disposta a aceitar algo que nada tinha a ver com seu sentimento de justiça. Em pouco tempo, porém, ele já ouviu, por um conhecido que percorrera aquele mesmo caminho, que os cavalos que passavam por lá continuavam sendo usados nos campos do castelo von Tronka como se fossem animais do fidalgo e do mesmo jeito que eles; e, em meio à dor de vislumbrar o mundo em uma desordem assim tão monstruosa, acabou por se manifestar a satisfação interior de voltar a ver seu próprio peito em ordem. Ele convidou à sua casa o bailio, seu vizinho, que há tempo se ocupava com o plano de adquirir as propriedades de Kohlhaas contínuas às dele, a fim de aumentar suas terras, e lhe perguntou, depois de este ter se assentado, o que ele pretendia pagar por suas propriedades, tanto em Brandemburgo quanto na Saxônia, pela casa e pela quinta, do jeito que estavam, absolutamente seguras ou não. Lisbeth, sua esposa, empalideceu ao ouvir essas palavras. Ela se voltou e ergueu ao colo o filho mais novo, que brincava no chão, lançando olhares nos quais se desenhava a morte que passaram primeiro pelas faces coradas do garoto brincando com suas gargantilhas e chegaram ao tratante de cavalos e depois ao papel que ele segurava na mão. O bailio perguntou, olhando com estranheza a Kohlhaas, o que o levava repentinamente a ideias tão estranhas; ao que este, mostrando a alegria que lhe foi possível exprimir, replicou: a ideia de vender sua quinta às margens do Havel não era nem assim tão nova: os dois até já haviam negociado a esse respeito um bocado de vezes; sua casa nos arredores de Dresden era, em comparação com ela, um mero anexo, que não valia a pena considerar; e, para resumir, se o bailio estivesse disposto a fazer sua vontade, querendo assumir ambas as propriedades, ele estaria pronto a assinar o contrato sem perda de tempo. Acrescentou, com uma brincadeira um tanto forçada, que Kohlhaasenbrück estava longe de ser o mundo; poderiam existir objetivos comparados aos quais seu lar, na condição de pai ordeiro e chefe de família, não passavam de secundários e indignos; curto e grosso, sua alma, era o que ele precisava dizer ao amigo, estava ocupada de coisas grandes, das quais ele talvez ouvisse falar em breve. O bailio, sossegado ao ouvir essas palavras, disse de modo divertido à mulher que não parava de beijar a criança: que ele não haveria de exigir o pagamento imediatamente? Em seguida, deitou chapéu e bengala, que mantinha entre os joelhos, sobre a mesa, e pegou o papel que o tratante de cavalos segurava nas mãos, a fim de lê-lo. Kohlhaas, ao se aproximar dele, explicou que se tratava de um contrato de compra eventual redigido por ele, que se esgotaria em quatro semanas; mostrou que nada faltava no contrato a não ser as assinaturas e a apresentação das devidas somas, tanto no que dizia respeito ao valor da venda quanto ao valor das arras do vendedor, ou seja, àquilo que ele próprio deveria pagar caso desistisse do negócio num período equivalente a quatro semanas; e animou-o mais uma vez a fazer uma oferta, garantindo-lhe que venderia barato e sem oferecer grandes inconveniências. A mulher andava de um lado a outro pela sala; seu peito estremecia tanto que o pano com o qual o garoto brincava ameaçava cair completamente de seus ombros. O bailio no entanto disse que não tinha como estimar o valor da propriedade em Dresden; ao que Kohlhaas respondeu, empurrando a ele cartas que haviam sido trocadas à época da compra da mesma: que pediria 100 florins de ouro pela propriedade; ainda que a partir das cartas ficasse claro que ela tinha lhe custado quase metade disso a mais. O funcionário estatal, que leu às pressas mais uma vez o contrato de compra, e de um modo estranho encontrou estipulada nele também a liberdade de ele mesmo desistir da compra, disse, já meio decidido: que ele na verdade não saberia como usar os cavalos da coudelaria que se encontravam nos estábulos; mas, uma vez que Kohlhaas replicasse que também não estava disposto a abrir mão dos cavalos, e que inclusive pretendia ficar com algumas armas penduradas no arsenal, o bailio, depois de hesitar ainda por algum tempo, repetiu enfim uma oferta que já lhe fizera uma vez, meio brincando, meio falando sério, há algum tempo, durante um passeio, na verdade insignificante se comparada ao valor da propriedade. Kohlhaas empurrou tinteiro e pena até ele, para que escrevesse; e, uma vez que o bailio, que não acreditava no que estava vendo, perguntasse mais uma vez se estava agindo a sério, e o tratante de cavalos lhe respondesse um tanto sensivelmente perguntando se ele por acaso achava que estava apenas brincando, o homem acabou por pegar a pena, mostrando ainda um rosto pensativo, a fim de assinar: e ainda riscou o adendo no qual se falava do pagamento que deveria ser feito pelo vendedor caso se arrependesse do negócio; obrigou-se a um empréstimo de 100 florins de ouro sobre a hipoteca da propriedade de Dresden, que ele de modo algum pretendia adquirir para si; e permitiu a Kohlhaas liberdade absoluta para desistir do negócio no decorrer de dois meses. O tratante de cavalos, tocado com esse procedimento, deu-lhe a mão com toda a cordialidade; e depois de eles ainda terem concordado, o que aliás configurava uma das condições principais, no fato de que a quarta parte do preço da compra infalivelmente deveria ser paga em dinheiro vivo e na hora, e a parte restante em três meses, no Banco de Hamburgo, Kohlhaas pediu que fosse trazido vinho para comemorar um negócio concluído com tanto sucesso. Em seguida disse a uma das criadas, que entrou com as garrafas, que Sternbald, o servo, encilhasse para ele o alazão; ele precisava, conforme referiu, cavalgar para a capital, onde teria coisas a providenciar; e deu a entender que em pouco, quando estivesse de volta, abriria o coração para falar daquilo que por enquanto ainda tinha de manter em segredo. A isso, enchendo as taças, perguntou sobre os poloneses e turcos, que se encontravam em guerra justamente àquela época; envolveu o bailio em diversas conjecturas políticas a respeito;

por fim, bebeu com ele mais uma vez à prosperidade dos negócios de ambos, dispensando-o em seguida.

Quando o bailio havia deixado o recinto, Lisbeth caiu de joelhos à frente dele. Se de algum modo carregas a mim, exclamou ela, a mim e às crianças que te dei à luz, em teu coração, se já de antemão, sei lá por que motivos, não estamos degredados, me diz o que significam essas terríveis providências! Kohlhaas disse: querida mulher, nada que deva te deixar intranquila do jeito como as coisas estão. Recebi uma resolução na qual me dizem que minha queixa contra o fidalgo Wenzel von Tronka é uma intriga desprovida de sentido. E, uma vez que nisso deve haver um mal-entendido, eu acabei por me decidir a levar minha queixa mais uma vez, e pessoalmente, ao soberano.

Mas por que queres vender tua casa?, perguntou ela em voz alta, levantando-se com um gesto transtornado. O tratante de cavalos, apertando-a com suavidade ao peito, replicou: porque não gosto de ficar em um território, querida Lisbeth, no qual não querem me proteger em meus direitos. Melhor ser um cachorro, se devo levar chutes por aí, do que um ser humano! Estou certo de que minha mulher pensa exatamente como eu no que diz respeito a isso.

De onde sabes, disse ela furiosamente, que não vão te proteger em teus direitos? Se te aproximares do soberano com humildade conforme deve ser, apresentando tua petição, de onde sabes que ela será jogada de lado, ou que se negarão a te ouvir?

Pois bem, respondeu Kohlhaas, se meu temor é infundado em relação a isso, também minha casa ainda não estará vendida. O soberano, ele mesmo, é justo, eu sei; e se eu apenas conseguir chegar até ele, passando por aqueles que o cercam, não tenho a menor dúvida de que me será dada razão, e voltarei feliz para junto de ti e de meus antigos negócios antes mesmo que se passe a semana. Se for assim, ele acrescentou, beijando-a, eu também terei todo o gosto em ficar contigo até o fim de minha vida! Mas é aconselhável, prosseguiu ele, que eu agora me prepare para todas as possibilidades; e por isso desejo que, se for possível, tu te afastes por algum tempo, indo com as crianças para a casa de tua tia, em Schwerin, que além disso já pretendias visitar há muito tempo.

Como?, gritou a dona da casa. Eu devo ir a Schwerin? Cruzar a fronteira com as crianças e ir até a casa de minha tia, em Schwerin? E o horror sufocou sua fala.

Com certeza, respondeu Kohlhaas, e isso, se assim for possível, imediatamente, para que eu não veja os passos que pretendo dar em minha questão atrapalhados por qualquer espécie de consideração.

Oh! Eu estou te entendendo!, exclamou ela. Tu agora não precisas de mais nada a não ser de armas e cavalos; todo o resto, quem quiser pegar poderá pegar! E com isso lhe deu as costas e se jogou a um assento, chorando. Kohlhaas disse, tocado: querida Lisbeth, o que estás fazendo? Deus me abençoou com mulher, filhos e bens; queres que eu hoje, pela primeira vez, deseje que tivesse sido diferente?... Ele foi sentar junto dela, que, ao ouvir essas palavras, caiu amavelmente em torno do pescoço do marido, enrubescendo. Me diz, prosseguiu ele, tirando os cachos de cabelos da testa de sua mulher: o que queres que eu faça? Que eu desista de minha causa? Que eu vá até o castelo von Tronka e peça ao cavaleiro que me devolva os cavalos, monte-os e traga-os para ti?

Lisbeth não ousou dizer: sim! sim! sim!, apenas sacudiu a cabeça, chorando, e o apertou com força junto de si, cobrindo seu peito de beijos ardentes. Pois bem!, exclamou Kohlhaas. Se sentes que me deve ser dada razão caso eu queira prosseguir em meu negócio, concede-me também a liberdade que me é necessária para que eu alcance a referida razão! E com isso se pôs em pé e disse ao servo, que lhe anunciou que o alazão estava encilhado: no dia seguinte também os baios deviam ser arreados, para levar sua mulher a Schwerin. Lisbeth disse: que ela tinha uma ideia! Levantou-se, secou as lágrimas dos olhos e perguntou a ele, que havia tomado assento em uma poltrona: se ele não daria a ela a petição, permitindo que ela, em vez dele, fosse a Berlim para levá-la ao soberano. Kohlhaas, tocado com essa proposta por mais de um motivo, puxou-a para seu colo e disse: querida mulher, isso por certo não será possível! O soberano está cercado de gente, e quem se aproxima dele está exposto a uma série de aborrecimentos. Lisbeth replicou que por milhares de razões era mais fácil para uma mulher do que para um homem se aproximar dele. Dá-me a petição, repetiu ela; e, se não quiseres mais do que sabê-la nas mãos dele, eu prometo que assim será: ele irá recebê-la! Kohlhaas, que tinha várias provas tanto da coragem quanto da inteligência de sua mulher, perguntou como ela pretendia conseguir aquilo; ao que ela, baixando os olhos envergonhada, replicou: que o castelão que zelava pelo castelo do príncipe eleitor havia lhe feito a corte em tempos passados, quando estivera a serviço em Schwerin; que, embora ele agora estivesse casado e contasse vários filhos, ainda não esquecera completamente dela; e, para resumir, que o marido por favor apenas deixasse a cargo dela tirar vantagem do caso por essa e inclusive por outras circunstâncias que seria demasiado prolixo descrever. Kohlhaas beijou sua mulher cheio de alegria, disse que aceitava sua sugestão e lhe explicou que ela não necessitaria de nada a não ser de uma moradia junto à mulher do castelão a fim de se apresentar ao soberano em seu próprio castelo, entregou-lhe a petição, mandou atrelar os baios ao coche e fez com que partisse bem-provida de malas e acompanhada de Sternbald, seu servo fiel.

Essa viagem, no entanto, foi, entre todos os passos sem sucesso, o mais infeliz que dera em favor de sua causa. Pois já depois de poucos dias, Sternbald voltou à quinta, conduzindo passo a passo o coche, no qual a mulher, com uma perigosa contusão nos seios, jazia estendida. Kohlhaas, que se aproximou, empalidecido, do carro, não pôde concluir nada de coerente acerca do que havia causado aquele infortúnio. O castelão, conforme lhe informou o servo, não estava em casa; eles haviam sido obrigados, portanto, a desembarcar em uma estalagem localizada nas proximidades do castelo; Lisbeth deixara a referida estalagem na manhã seguinte, ordenando ao servo que ficasse com os cavalos; e não voltara antes do anoitecer, já naquele estado em que se encontrava agora. Parecia que ela havia avançado de modo demasiado insolente à pessoa do soberano e, sem a culpa deste, recebera no peito o golpe de uma coronha de lança, manuseada pelo zelo cruel de um de seus guardas. Pelo menos fora o que disseram as pessoas que a trouxeram, desmaiada, até a estalagem ao anoitecer; pois ela própria pouco conseguia dizer, impedida pelo sangue que lhe brotava da boca. Quanto à petição, havia sido arrancada de suas mãos por um cavaleiro depois disso. Sternbald disse que sua vontade fora montar imediatamente um dos cavalos para lhe dar notícia desse incidente infeliz; mas ela, apesar das recomendações do cirurgião que fora chamado, fizera questão de ser levada para junto de seu marido, em Kohlhaasenbrück, sem quaisquer avisos prévios nesse sentido. Kohlhaas a levou, completamente aniquilada pelas fainas da viagem, à cama, onde ela, fazendo esforços doloridos para conseguir respirar, viveu ainda alguns dias. Tentou-se em vão fazer com que voltasse à consciência, a fim de tirar conclusões acerca do que havia sucedido; ela jazia ali de olhos fixos e já desfalecidos, e nada respondia. Apenas pouco antes de morrer é que a consciência lhe voltou ainda uma vez. Foi quando um pastor da religião luterana (cuja fé, que então germinava, ela professava, seguindo o exemplo de seu marido) estava ao lado de sua cama e lhe lia um capítulo da Bíblia em voz alta, solene e sensível ao mesmo tempo: foi então que ela levantou os olhos para ele de repente com expressão sombria, tirou a Bíblia de suas mãos como se nada houvesse a ler para ela ali, folheou e folheou, parecendo procurar alguma coisa nas páginas; e, com o indicador, acabou por apontar a Kohlhaas, que se encontrava sentado junto de sua cama, o verso que dizia: "Perdoa teu inimigo; faz o bem também àqueles que te odeiam." Em seguida, ela apertou a mão do marido com um olhar cheio de fervor e morreu.

Kohlhaas pensou: se é assim, que Deus jamais me perdoe, se eu perdoar ao fidalgo!, beijou-a, enquanto as lágrimas lhe corriam pelo rosto, fechou os olhos da mulher pela última vez e deixou a alcova. Tomou os 100 florins de ouro que o funcionário já havia lhe deixado pelos estábulos de Dresden e providenciou um enterro que parecia ser mais destinado a uma princesa do que a ela: um esquife de carvalho, fortemente guarnecido de metal, acolchoado em seda, de borlas douradas e prateadas, e uma cova de oito varas de fundura, revestida de pedregulhos e cal. Ele mesmo ficou em pé, com o filho mais novo nos braços, junto ao túmulo, observando o trabalho. Quando chegou o dia do enterro, o cadáver, branco como neve, foi velado em uma sala que ele mandou revestir de tecido negro. O pastor acabava de concluir um sermão tocante junto ao corpo, quando lhe foi entregue a resolução do soberano acerca da petição que a falecida havia apresentado, revelando o seguinte conteúdo: ele devia buscar os cavalos no castelo von Tronka, e, sob pena de ser lançado à prisão, nada mais fazer no que dizia respeito à causa. Kohlhaas guardou a carta e mandou levar o esquife ao coche. Assim que a cova foi coberta de terra, a cruz plantada sobre ela e os convidados que haviam sepultado o corpo se dispersaram, ele se lançou de joelhos ainda uma vez ante o leito agora mortuário da esposa, assumindo logo em seguida o negócio da vingança. Sentou-se e redigiu uma sentença judiciária, na qual condenava, por força do poder que lhe era concedido, o fidalgo Wenzel von Tronka a lhe trazer até Kohlhaasenbrück, em um prazo de três dias, os cavalos que lhe usurpara e depois aniquilara nos trabalhos do campo, alimentando-os pessoalmente já em seus estábulos até que voltassem a estar gordos como eram antes. Enviou essa sentença ao fidalgo por um mensageiro a cavalo, instruindo o mesmo a voltar imediatamente a Kohlhaasenbrück após a entrega do documento. Uma vez que os três dias se passaram sem que os cavalos fossem entregues, Kohlhaas chamou Herse; explicou-lhe o que ordenara ao fidalgo no que dizia respeito à entrega e alimentação dos cavalos; em seguida lhe perguntou se cavalgaria com ele até o castelo von Tronka para buscá-lo pessoalmente; e também se estava disposto a fazer uso do chicote caso o fidalgo, depois de trazido, se mostrasse preguiçoso no cumprimento da sentença nos estábulos de Kohlhaasenbrück. E, uma vez que Herse, conforme o entendera, simplesmente se resumira a gritar de júbilo: hoje mesmo, meu senhor!, garantindo, ao jogar o gorro para o alto, que mandaria trançar um couro com dez nós para mostrar ao fidalgo o que era bom, Kohlhaas vendeu a casa, mandando as crianças, embarcadas em um coche, para além das fronteiras; com a chegada da noite, reuniu também os servos restantes, sete ao todo, todos fiéis a ele como é fiel o mais puro dos ouros; armou-os e lhes deu montaria, rompendo em direção ao castelo von Tronka.

E com aquele pequeno grupo, ele também já adentrou, ao cair da terceira noite, a fortaleza, passando a cavalo por cima do guarda aduaneiro e do guarda do portão, que estavam conversando à entrada, e enquanto, debaixo do ataque repentino aos barracões dentro dos muros do castelo, que crepitavam ao fogo das tochas acesas que lhes eram lançadas, Herse subia correndo a escada em caracol que levava à torre da alcaidaria, onde alcaide e administrador jogavam cartas seminus, atacando-os com pancadas e facadas, Kohlhaas se precipitou para dentro do castelo em busca do fidalgo Wenzel von Tronka. Eis que o anjo da justiça desce dos céus; e o fidalgo, que acabava de ler às gargalhadas ao bando de jovens amigos que estava com ele a sentença judicial que o tratante de cavalos mandara lhe entregar, não demorou a ouvir sua voz no pátio do castelo, gritando aos outros fidalgos, repentinamente pálido como um cadáver: irmãos, salvai-vos!, para desaparecer logo em seguida. Kohlhaas, que ao entrar no salão agarrou pelo peito um fidalgo Hans von Tronka, que vinha ao seu encontro, lançando-o a um canto do recinto a ponto de fazer seu cérebro salpicar as pedras, perguntou, enquanto seus servos dominavam e distraíam os outros cavaleiros, que pegavam em armas, onde se encontrava o fidalgo von Tronka. E, ao constatar que os homens atordoados de nada sabiam, arrombou com um pontapé as portas de duas alcovas que levavam às alas laterais do castelo; não encontrando quem quer que fosse em nenhum dos lados das amplas edificações, desceu praguejando ao pátio do castelo, a fim de mandar bloquear as saídas. Entrementes, o castelo havia sido alcançado pelo fogo dos barracões, e todas as suas construções anexas já lançavam uma forte fumaça aos céus; enquanto Sternbald, auxiliado por três servos diligentes, juntava em um monte tudo que não estava preso ao chão por pregos ou arrebites, botando-o sobre os cavalos como melhor despojo, os cadáveres do alcaide e do administrador, junto com a mulher e os filhos, voavam pela janela aberta da alcaidaria para júbilo de Herse. Kohlhaas, ante cujos pés, quando ele descia as escadas do castelo, jogou-se a velha governanta martirizada pela gota que conduzia a economia doméstica do fidalgo, limitou-se a perguntar à anciã, parando em um dos patamares: onde estaria o fidalgo Wenzel von Tronka? E, uma vez que ela lhe respondesse, com voz débil e trêmula: que ela achava que ele havia se escondido na capela, ele chamou dois servos munidos de tochas e mandou, na falta de chaves, que abrissem a entrada com pés de cabra e machados, derrubou altares e bancos, e também ali não encontrou o fidalgo, o que apenas fez aumentar sua dor colérica. Então aconteceu que, no instante exato em que Kohlhaas voltava da capela, um servo jovem, pertencente à criadagem do castelo von Tronka, chegou correndo a fim de tirar os cavalos de batalha do espaçoso estábulo de pedras, já ameaçado pelo fogo. Kohlhaas, que no mesmo instante vislumbrou seus dois morzelos em um galpão minúsculo, coberto de palha, perguntou ao servo: por que ele não salvava aqueles cavalos? E uma vez que o servo, enfiando a chave na porta do estábulo, respondesse: é que o galpão já estava em chamas, Kohlhaas jogou a chave, depois de arrancá-la da porta do estábulo, sobre o muro, tangeu o servo com uma chuva de golpes da prancha de sua espada para dentro do galpão em chamas, obrigando-o a salvar os morzelos debaixo das gargalhadas terríveis dos que se encontravam parados em volta. E quando o servo, pálido de susto, saiu do galpão com os cavalos que segurava na mão, poucos instantes antes de este desmoronar atrás dele, não encontrou mais Kohlhaas; e uma vez que, indo até os servos espalhados pelo pátio do castelo, onde o comerciante de cavalos também lhe virou as costas várias vezes, insistisse em lhe perguntar: o que deveria fazer com os cavalos agora?, este levantou de repente um dos pés em um gesto tão terrível que, se tivesse desferido o panázio, certamente teria significado a morte do coitado. Em seguida, Kohlhaas montou seus baios, sem lhe responder, foi até o portão da fortaleza e, enquanto seus servos continuavam a pilhar, aguardou em silêncio a chegada do dia.

Ao romper da aurora o castelo inteiro havia sido queimado, restando apenas seus muros, e ninguém mais se encontrava dentro dele a não ser Kohlhaas e seus sete servos. Ele apeou do cavalo e inspecionou mais uma vez, ao clarão do sol, aquele lugar inteiro, em todos seus cantos e buracos, e, uma vez que, por mais difícil que isso lhe parecesse, fosse obrigado a se convencer de que o ataque ao castelo fracassara, mandou, com o peito cheio de dor e lamentos, Herse e alguns de seus servos a fim de buscar vestígios da direção que o fidalgo escolhera para sua fuga. Inquietava-o de modo especial um rico mosteiro para moças, chamado Erlabrunn, que se localizava às margens do rio Mulde, e sua abadessa, Antonia von Tronka, que era conhecida na região como uma mulher devota, benévola e santa; pois ao infeliz Kohlhaas parecia mais do que provável que o fidalgo, passando por sua maior necessidade, havia fugido para aquele mosteiro, cuja abadessa era sua tia e sua educadora nos primeiros anos da infância. Depois de ter se instruído a respeito disso, Kohlhaas subiu a torre da alcaidaria, em cujo interior ainda havia um quarto habitável, e redigiu um assim chamado "Manifesto Kohlhaasiano", no qual exigia de seu principado que não oferecesse proteção ao fidalgo Wenzel von Tronka, com o qual se encontrava em guerra justa, obrigando antes cada um de seus habitantes, não excluídos os parentes e amigos do fidalgo, a entregá-lo a ele, sob pena de perder a própria vida e ver queimadas todas suas posses. Ele espalhou essa declaração, usando viajantes e estranhos, por toda a região; e inclusive deu a Waldmann, o servo, uma cópia da mesma, encarregando-o especialmente de entregá-la em mãos da dama Antonia, abadessa em Erlabrunn. Em seguida passou orientações a alguns dos servos do castelo von Tronka que, insatisfeitos com o fidalgo e animados com a perspectiva de angariar despojos, desejavam se colocar a seu serviço; armou-os, conforme aos usos da infantaria, com bestas e punhais, e lhes ensinou a montar à garupa dos servos a cavalo; e, depois de transformar em dinheiro tudo que o bando havia juntado, e dividir o dinheiro entre o mesmo, descansou por algumas horas de seus negócios deploráveis debaixo da porta da fortaleza.

    Por volta do meio-dia, Herse veio até ele e lhe confirmou o que seu coração, sempre preparado para as mais sombrias eventualidades, já havia lhe dito: ou seja, que o fidalgo realmente se encontrava no mosteiro de Erlabrunn, junto da velha dama Antonia von Tronka, sua tia. Ao que parece, ele havia conseguido se salvar fugindo por uma porta que dava para o vazio na parede traseira do castelo, aproveitando uma estreita escada de pedras que descia, coberta por um pequeno telhado, até alguns botes, no rio Elba. Pelo menos Herse informou que ele chegara à meia-noite em uma barquinha sem leme nem remos a um povoado junto ao mesmo Elba, para espanto das pessoas reunidas por causa do incêndio no castelo, seguindo adiante logo após até Erlabrunn em um carro de bois.
    Kohlhaas suspirou profundamente a esta notícia; perguntou se os cavalos haviam comido, e, uma vez que lhe respondessem que sim, mandou o bando montar e em três horas já estava em Erlabrunn. Ali, ouvindo no horizonte os murmúrios de uma tempestade ainda distante, e munido de tochas que ele havia acendido diante do próprio local, entrou com sua tropa no pátio do mosteiro, tendo sido informado antes por Waldmann, o servo que veio a seu encontro, que o manifesto havia sido entregue corretamente, e logo viu a abadessa e o alcaide do mosteiro aparecendo no portão e trocando palavras transtornadas; e enquanto o alcaide do mosteiro, um homem baixo, idoso e já branco como a neve, lançando olhares irados a Kohlhaas, mandava que lhe pusessem a couraça, e gritava

com voz destemida aos servos que o cercar para que fossem puxar o sino indicando ataque, a abadessa, com a imagem prateada do crucificado nas mãos, desceu pela rampa, pálida como o mais cuidado tecido de linho, e se jogou com todas as suas donzelas ante o cavalo de Kohlhaas. Este, enquanto Herse e Sternbald dominavam o alcaide, que não trazia espada à mão, e o conduziam como prisioneiro entre os cavalos, perguntou a ela: onde estava o fidalgo Wenzel von Tronka? E, uma vez que ela, tirando um grande molho de chaves de seu cinto, respondesse: em Wittenberg, Kohlhaas, honrado homem!, e, em voz trêmula, acrescentasse: tema a Deus e não cometa nenhuma injustiça!, Kohlhaas, lançado de volta ao inferno das vinganças insatisfeitas, voltou o cavalo e estava a ponto de gritar: incendeiem tudo!, quando uma pancada formidável de chuva caiu sobre a terra, bem perto dele. Kohlhaas, voltando o cavalo para a abadessa mais uma vez, perguntou: se ela tinha recebido o manifesto? E a dama respondeu então com voz débil, quase inaudível: justamente agora!

Quando?

Duas horas depois, juro por Deus, que o fidalgo, meu sobrinho, já havia partido!

E uma vez que Waldmann, o servo para o qual Kohlhaas se voltou mostrando olhares sombrios, confirmasse a informação gaguejando, e dizendo ao mesmo tempo que as águas do Mulde, inchadas pela chuva, haviam-no impedido de chegar mais cedo, Kohlhaas acabou por se controlar; uma terrível e repentina chuvarada, que apagou as tochas, estalou no calçamento do pátio com furor, amainando também a dor em seu peito infeliz; ele voltou seu cavalo outra vez, tirando o chapéu ante a dama, e deu de esporas no animal, murmurando as palavras: sigam-me, meus irmãos, o fidalgo está em Wittenberg!, e deixou o mosteiro.

Quando a noite chegou, ele adentrou uma estalagem à beira da estrada onde, devido ao grande cansaço dos cavalos, teve de descansar por um dia, percebendo provavelmente ali mesmo que com um grupo de dez homens (pois era esse o seu número agora) não conseguiria fazer frente a um lugar como Wittenberg, e redigindo assim um segundo manifesto, no qual, depois de uma breve descrição daquilo que lhe acontecera no território, instava "todos os bons cristãos", conforme se exprimiu, "a tomar partido de sua causa contra o fidalgo von Tronka, inimigo geral de todos os cristãos", em troca "de uma compensação em dinheiro e outras vantagens de guerra". Em outro manifesto, que foi dado a público logo a seguir, ele se chamou de: "libertador do reino e do mundo e senhor súdito apenas de Deus", uma excentricidade de caráter doentio e completamente deturpada que, acompanhada do som de seu dinheiro e da perspectiva de butim, logo lhe providenciou uma afluência em massa entre a ralé que a paz com a Polônia havia deixado sem pão: e foi de tal modo exitoso que já contava com trinta e poucas cabeças quando se instalou à margem direita do Elba, a fim de deixar Wittenberg em cinzas. Buscou alojamento, com cavalos e servos, debaixo do telhado de um galpão de telhas decrépito e em ruínas, na solidão de uma floresta sombria que na época envolvia o lugar, e não demorou a ficar sabendo por Sternbald, que mandara disfarçado à cidade para levar o manifesto, que o mesmo já era conhecido por ali, irrompendo em seguida com seu bando, na noite sagrada anterior a Pentecostes, e botando fogo na praça em vários cantos ao mesmo tempo, enquanto os moradores jaziam no sono mais profundo. Enquanto seus servos saqueavam os arredores, aproveitou também para colar nas pilastras do portão de uma igreja um cartaz que dizia: "ele, Kohlhaas, botara fogo na cidade, e de tal modo a deixaria em cinzas caso não lhe entregassem o fidalgo, que", conforme se expressou, "não precisaria mais procurar atrás de nenhuma parede para encontrá-lo".

O horror dos moradores com esse ultraje inaudito foi indescritível; por ser uma noite de verão afortunadamente tranquila, a labareda pôs abaixo não mais do que dezenove casas, ainda que entre elas houvesse uma igreja, e as chamas nem haviam sido completamente dominadas quando o velho alcaide local, Otto von Gorgas, já enviava uma bandeira de cinquenta homens para botar um fim no terrível delinquente. Mas o capitão que a comandava, chamado Gerstenberg, se comportou tão mal na empreitada que toda a expedição, em vez de derrubar Kohlhaas, muito antes contribuiu para que ele alcançasse uma fama guerreira altamente perigosa; pois, uma vez que esse homem de guerra dividira seus combatentes em vários grupos para, conforme imaginou, cercar e depois aniquilar o criminoso, logo foi de tal modo atacado e batido em pontos isolados por Kohlhaas, que sabiamente manteve seu bando reunido em torno de si, a ponto de já ao anoitecer do dia seguinte não ter mais disposto ao combate sequer um único soldado de toda aquela tropa sobre a qual repousava a esperança do território. Kohlhaas, que perdera alguns de seus homens nas refregas, voltou a incendiar a cidade na manhã do dia seguinte, e seus movimentos assassinos se mostraram tão precisos que mais uma vez um punhado de casas e quase todos os paióis dos arredores da cidade foram postos ao chão, virando cinzas. De modo que ele mais uma vez aproveitou a oportunidade para fixar o conhecido manifesto, e diretamente nos cantos do prédio da prefeitura, acrescentando um comunicado acerca do destino do capitão von Gerstenberg, enviado pelo alcaide e aniquilado por ele. O alcaide, indignado ao extremo com essa obstinação, colocou-se, ele mesmo, com vários cavaleiros, na ponta de um grupo de cento e cinquenta homens. Atendendo ao pedido feito por escrito pelo fidalgo Wenzel von Tronka, concedeu-lhe uma guarda que o protegeu da violência do povo, que simplesmente queria vê-lo longe da cidade; e, depois de ter disposto guardas em todos os povoados da região, provendo também o muro circular da cidade com postos avançados a fim de protegê-lo de um ataque, saiu ele mesmo, no dia de são Gervásio, a fim de pegar o dragão que devastava o território. O negociante de cavalos foi esperto o suficiente para evitar o recontro com a referida tropa; e, depois de atrair o alcaide, com deslocamentos mui habilidosos, cinco milhas para fora da cidade, e tê-lo levado à loucura com várias manobras, a ponto de este, pressionado pela força superior do outro, estar prestes a recuar a Brandemburgo, Kohlhaas se voltou de repente, ao cair da terceira noite, e retornou a Wittenberg em um galope furioso, botando fogo na cidade pela terceira vez. Herse, que se esgueirara disfarçado para dentro da cidade, encaminhou essa terrível façanha; e, ajudado por um vento norte que soprava com força, o incêndio se mostrou tão intenso e devorou de tal modo tudo à sua volta que em menos de três horas quarenta e duas casas, duas igrejas, vários mosteiros e escolas e o prédio da alcaidaria eleitoral jaziam em cinzas e escombros. O alcaide, que acreditava que seu inimigo se achava em terras de Brandemburgo, ao ficar sabendo do que ocorrera e retornar em marcha precipitada, encontrou, ao romper da aurora, a cidade tomada pela insurreição geral; o povo havia se instalado aos milhares, armados de traves e estacas, diante da casa do fidalgo, e exigia, com gritos alucinados, que fosse conduzido para fora da cidade. Dois conselheiros da câmara, chamados Jenkens e Otto, que se apresentaram em vestimentas oficiais à cabeça do corpo dos magistrados, provaram em vão que antes era absolutamente necessário aguardar o retorno de um mensageiro urgente, que havia sido enviado ao presidente da chancelaria estatal a fim de solicitar a permissão para levar o fidalgo a Dresden, para onde ele mesmo aliás desejava ir por uma série de motivos; a matula insensata, armada de espetos e paus, não deu atenção a essas palavras, e já se estava prestes a tomar de assalto a casa em que se encontrava o fidalgo, fazendo-a virar pó, depois de maltratar alguns membros do conselho que incitavam a medidas mais duras; e foi justamente então que o alcaide, Otto von Gorgas, liderando seu bando de cavaleiros, apareceu na cidade. Esse digno homem, acostumado a incutir respeito e obediência ao povo tão-só por sua presença, conseguiu, como se fosse uma espécie de compensação pela empresa fracassada da qual retornava, prender ante as portas da cidade três servos dispersos do bando do incendiário; e uma vez que, enquanto os tipos eram exibidos aos olhos do povo presos a correntes, garantiu ao corpo de magistrados em um sábio discurso que em pouco traria também o próprio Kohlhaas algemado, pois já estava em seu encalço, logrou, com a força de todas essas circunstâncias tranquilizadoras, desarmar o temor do povo reunido, e acalmá-lo um pouco acerca da presença do fidalgo, pelo menos até o retorno do mensageiro urgente. Acompanhado de alguns cavaleiros, o alcaide apeou do cavalo e se dirigiu, depois de serem afastadas algumas paliçadas e palanques, à casa onde encontrou o fidalgo, que caía de um desmaio a outro, nas mãos de dois médicos que tentavam trazê-lo de volta à vida com essências e eflúvios; e uma vez que o senhor Otto von Gorgas por certo percebia que aquele não era o momento, devido à atuação malograda de que se fizera culpado na incursão anterior, de trocar palavras com ele, limitou-se a lhe dizer, com um olhar de silencioso desprezo, que se vestisse e o seguisse, para sua própria segurança, aos aposentos da cavalaria. Quando puseram um gibão em torno do fidalgo e um elmo em sua cabeça, e ele, o peito ainda meio livre devido à falta de ar, apareceu na rua apoiado ao braço do alcaide e seu cunhado, o conde von Gerschau, imprecações terríveis e blasfemas foram lançadas ao céu contra ele. O povo, contido apenas com dificuldades pelos lansquenês, chamou-o de sanguessuga, de miserável tormento pátrio e torturador de humanos, de maldição da cidade de Wittenberg e de ruína da Saxônia; e, depois de um cortejo lamentoso pela cidade em escombros, durante o qual o fidalgo várias vezes perdeu o elmo sem dar por isso, enquanto um cavaleiro sempre o punha de volta em sua cabeça, chegaram enfim à prisão, onde ele desapareceu em uma das torres, sob a proteção de uma forte guarda. Entrementes o retorno do mensageiro urgente com a resolução do príncipe eleitor voltou a deixar a cidade preocupada. Pois o governo central, tocado pelo protesto dos cidadãos de Dresden, não queria saber da presença do fidalgo na capital e residência do principado antes de o incendiário ser preso; muito antes instou o alcaide a garantir a proteção do mesmo onde ele agora se encontrava, porque em algum lugar ele tinha de estar, usando para tanto o poder que estivesse a seu dispor; em compensação, comunicava também à boa cidade de Wittenberg que podia ficar tranquila, porque um exército de quinhentos homens, liderado pelo príncipe Friedrich von Meissen, já estava se dirigindo a ela para protegê-la de novos aborrecimentos por parte do incendiário. O alcaide por certo percebeu que uma resolução desse tipo de modo algum seria capaz de acalmar o povo, pois as pequenas vantagens que o comerciante de cavalos havia alcançado em diferentes pontos nos arredores da cidade espalhavam boatos extremamente desagradáveis acerca da força que ele adquirira; e a guerra que ele liderava na escuridão da noite, fazendo sua corja disfarçada usar piche, palha e enxofre, teria podido, inaudita e incomum como era, botar fora de ação uma tropa bem maior do que aquela que avançava sob o comando do príncipe von Meissen; de modo que, depois de refletir um pouco, o alcaide se decidiu a omitir completamente a resolução recebida. Limitou-se apenas a afixar em todos os cantos da cidade uma carta em que o príncipe von Meissen anunciava sua chegada. Um coche encoberto que saiu do pátio da masmorra ao romper da aurora seguiu, acompanhado de quatro cavaleiros fortemente armados, pela estrada que levava a Leipzig, enquanto os cavaleiros informavam de modo pouco claro que o mesmo seguia para a fortaleza de Pleissen; e, uma vez que o povo se acalmou assim no que dizia respeito ao fidalgo infeliz, a cuja existência fogo e espada se vincularam de modo tão cabal, ele mesmo se adiantou com um grupo de trezentos homens a fim de se juntar ao príncipe Friedrich von Meissen. Entrementes, com a posição peculiar que assumira no mundo, Kohlhaas havia de fato aumentado seu bando, e já contava com cento e nove homens; e, uma vez que descobrira também um depósito de armas em Jassen, conseguira armar até os dentes todos eles, acabando por decidir, sabedor da tempestade dupla que se aproximava, ir ao encontro da mesma com a rapidez do vendaval antes mesmo que esta caísse sobre ele. E assim, já no dia seguinte, Kohlhaas atacou o príncipe von Meissen em um assalto noturno junto a Mühlberg; embora na batalha, para seu grande infortúnio, tenha perdido Herse, que tombou a seu lado logo aos primeiros tiros, isso só acabou por deixá-lo ainda mais amargurado, e, em um combate que durou três horas, maltratou de tal modo o príncipe, incapaz de se organizar em meio ao campo, que ao romper da aurora este se viu, devido aos vários ferimentos graves e à completa desordem que imperava entre seus homens, a recuar a caminho de Dresden. Estimulado com essa vitória, Kohlhaas tornou-se audaz e voltou-se, antes de o alcaide conseguir qualquer informação a respeito, para atacar suas tropas junto ao povoado de Damerow, em pleno meio-dia e em campo aberto, e lutou com ele até o cair da noite, com perdas terríveis, mas alcançando uma vantagem de proporções semelhantes. E, com o resto de seu bando, na manhã seguinte teria infalivelmente voltado a atacar o alcaide, que se escondera no cemitério de Damerow, se este não tivesse sido informado por mensageiros da derrota que o príncipe Meissen havia sofrido, considerando assim mais prudente recuar também até Wittenberg para esperar ocasião melhor. Cinco dias depois da dissolução dessas duas tropas, Kohlhaas se encontrava junto a Leipzig, e botou fogo na cidade em três de seus lados.

Ele chamava a si mesmo, no manifesto que espalhou na oportunidade, "de lugar-tenente do arcanjo Miguel, que veio para punir a fogo e espada todos aqueles que na disputa tomassem o partido do fidalgo, assim como a iniquidade na qual estava se afogando o mundo". Além disso, do castelo de Lützner onde se estabelecera depois de tomá-lo de assalto, instou o povo a se unir a ele para erigir uma nova e melhor ordem; e o manifesto estava assinado com uma espécie de loucura fora de lugar: "Dado a público na sede de nosso governo universal provisório, o arquicastelo de Lützen." A ventura dos habitantes de Leipzig quis que o fogo, devido a uma chuva duradoura que caía do céu, não se alastrasse, de tal modo que, com a rapidez das instituições bombeiras vigentes, apenas algumas mercearias em torno da fortaleza de Pleissen acabaram em chamas. Ainda assim, a perplexidade dos cidadãos com a presença do incendiário alucinado e o delírio do mesmo de que o fidalgo se encontrava em Leipzig foram incomensuráveis; e, uma vez que o destacamento de cento e oitenta integrantes mandado contra ele voltou destroçado, não restou outra coisa ao magistrado, que não queria expor a riqueza da cidade, a não ser trancar completamente suas portas, fazendo os cidadãos montar guarda dia e noite fora dos muros. Em vão o magistrado mandou afixar declarações nos povoados mais próximos, garantindo de modo terminante que o fidalgo não se encontrava na fortaleza de Pleissen; o tratante de cavalos insistia, em cartazes de conteúdo semelhante, que ele estava, sim, na referida fortaleza, deixando claro que se o mesmo não estivesse ali dentro ele ainda assim agiria como se estivesse, até que lhe apontassem o lugar, mencionando claramente o nome, em que ele se encontrava. O príncipe eleitor, informado por um mensageiro urgente da ameaça sob a qual se encontrava a cidade de Leipzig, esclareceu que já estava juntando um exército de dois mil homens, colocando-se ele próprio no comando do mesmo, a fim de capturar Kohlhaas. Fez uma severa reprimenda ao senhor Otto von Gorgas devido à espertaza dúbia e irrefletida da qual fizera uso para mandar o incendiário para longe da região de Wittenberg; e ninguém seria capaz de descrever a confusão que tomava conta da Saxônia e sobretudo da cidade em que residia o soberano quando por lá se soube que nos povoados junto a Leipzig havia sido afixada uma declaração dirigida a Kohlhaas que dizia: "Wenzel, o fidalgo, se encontra com seus primos Fulano e Beltrano, em Dresden."

Sendo essas as circunstâncias, o próprio doutor Martinho Lutero, pela força de palavras tranquilizadoras e apoiado no prestígio que lhe era concedido por sua posição no mundo, assumiu a missão de fazer com que Kohlhaas voltasse aos limites da ordem humana, e, edificando seu propósito sobre um elemento dos mais eficazes no peito do incendiário, mandou afixar em todas as cidades e lugarejos do eleitorado um cartaz que dizia:

> *Kohlhaas, que dizes ter sido enviado para manejar a espada da justiça, como ousas fazê-lo, homem desmedido, dominado pela loucura da paixão cega, tu que és a própria injustiça, imperando da cabeça aos pés? Porque o soberano recusou a ti, que és seu súdito, a justiça, tua justiça na disputa por um bem insignificante, tu sublevas, homem terrível, com fogo e espada, e irrompes como o lobo no deserto na comunidade pacífica que ele protege. Tu, que seduzes as gentes com essa declaração, cheia de inverdade e espertaza, pensas, pecador, que terás sucesso diante de Deus no dia do juízo que haverá de brilhar um dia nas dobras de*

todos os corações? Como podes dizer que a justiça te foi negada, tu, cujo peito irado, excitado pela cócega da vingança mais vil, fez com que desististe completamente de teus esforços em consegui-la logo depois das primeiras e fracassadas tentativas levianas? Por acaso teu soberano é um banco cheio de servos da justiça e esbirros que desconsideram uma carta que lhes é entregue ou retêm uma declaração que deveriam dar? E será mesmo que preciso te dizer, homem esquecido por Deus, que teu soberano nada sabe da tua causa — mas o que estou dizendo? Que o mesmo, contra quem te levantas, nem sequer conhece teu nome, de tal modo que se algum dia, chegando diante do trono de Deus, quiseres acusá-lo, ele, de feição serena, poderá dizer: não fiz nenhuma injustiça a este homem, senhor, pois minha alma desconhece sua existência? A espada que conduzes, fica sabendo, é a espada do roubo e da vontade assassina. És um rebelde e não um guerreiro do Deus justo, e teu objetivo na terra é a roda e o patíbulo, e, no além, a condenação, que pende sobre todos os malfeitores e ateus. Wittenberg etc.
Martinho Lutero.

Naquele exato momento, no castelo de Lützen, Kohlhaas esboçava em seu peito dilacerado um novo plano para deixar Leipzig em cinzas; à notícia de que o fidalgo Wenzel von Tronka estaria em Dresden ele não deu a mínima atenção, porque esta não havia sido assinada por ninguém, muito menos pelo magistrado, conforme ele exigia; foi quando Sternbald e Waldmann perceberam, para sua enorme surpresa, o cartaz que durante a noite havia sido afixado nos portões do castelo. Esperaram em vão, por vários dias, que Kohlhaas, ao qual não quiseram se dirigir apenas por causa disso, o vislumbrasse em algum momento; sombrio e recolhido em si mesmo, ele até aparecia ao anoitecer, mas apenas para dar suas breves ordens, e nada via; de modo que, certa manhã, quando quis mandar enforcar alguns servos que haviam feito pilhagens contra sua vontade, tomaram a decisão de chamar sua atenção para o cartaz. Kohlhaas retornava do patíbulo em meio ao povo, que lhe abria caminho timidamente; usava os trajes que lhe eram habituais desde a escritura de seu último manifesto, e uma grande espada de querubim sobre uma almofada de couro vermelho, decorada com borlas de ouro, era carregada a sua frente, e doze servos, munidos de tochas acesas, o seguiam; foi quando os dois homens, com suas espadas debaixo do braço, postaram-se em torno da pilastra na qual estava afixado o cartaz de tal modo que ele foi obrigado a estranhar. Quando Kohlhaas chegou ao portão, as mãos cruzadas às costas, mergulhado em pensamentos, abriu os olhos e estacou; os servos, ao vê-lo, abriram caminho, cheios de deferência, de modo que ele, ao olhar para eles distraidamente, aproximou-se da pilastra em passos rápidos. Mas quem seria capaz de descrever o que se passou em sua alma quando viu nela a folha cujo conteúdo o arrastava aos caminhos da injustiça, e assinada pelo mais caro e mais digno dos nomes que ele jamais conheceu, o nome de Martinho Lutero! Um rubor sombrio subiu a suas feições; tirando o elmo, ele leu o que estava escrito por duas vezes do princípio ao fim; recuou, com olhares incertos, em meio aos servos, como se quisesse dizer alguma coisa, e nada disse; arrancou o cartaz da pilastra, leu-o mais uma vez, e em seguida exclamou: Waldmann, manda selar meu cavalo! E logo em seguida: Sternbald, segue-me até o castelo! E depois desapareceu. Aquelas poucas palavras haviam bastado para desarmá-lo de repente, deixando-o em toda a deterioração na qual se encontrava. Jogou sobre o corpo as roupas de um arrendatário de terras turíngio; disse a Sternbald que um negócio de imensa importância o obrigava a viajar a Wittenberg; entregou-lhe, na presença de alguns excelentes servos, o comando do grupo que ficaria em Lützen; e foi, garantindo que em três dias, no decorrer dos quais não havia nenhum ataque a ser temido, estaria de volta de sua viagem a Wittenberg.

Hospedou-se, usando um nome estranho, em uma estalagem de onde, assim que a noite chegou, munido de seu capote e de um par de pistolas que havia pilhado no castelo von Tronka, seguiu até o quarto de Lutero. Este, sentado à escrivaninha entre suas anotações e livros, e vendo o homem estranho e peculiar abrir a porta para em seguida trancá-la atrás de si, perguntou-lhe: quem era ele, e o que queria? E o homem, que segurava reverentemente seu chapéu na mão, mal havia terminado de informar, pressentindo timidamente o susto que haveria de causar, que era Michael Kohlhaas, o comerciante de cavalos, quando Lutero já exclamava: fora daqui! E, erguendo-se da escrivaninha e correndo em busca de uma campainha, ainda acrescentou: teu hálito é pestilento e tua proximidade deterioração! Kohlhaas, que puxou sua pistola sem se mexer do lugar, disse: reverendíssimo senhor, essa pistola me estenderá estatelado no chão a vossos pés caso tocardes a fechadura! Sentai-vos e ouvi o que tenho a dizer; entre os anjos, cujos salmos estais registrando, não estareis mais seguro do que aqui comigo. Lutero, sentando-se, perguntou: o que queres? Kohlhaas respondeu: refutar vossa opinião a meu respeito, de que eu seja um homem injusto! Vós me dissestes no cartaz que mandastes afixar que meu soberano nada sabe acerca de minha causa; pois bem, concedei-me um salvo-conduto e eu irei até Dresden a fim de apresentá-la a ele.

Homem terrível e incurável!, exclamou Lutero, confuso e tranquilo ao mesmo tempo com essas palavras: quem foi que te deu o direito de atacar o fidalgo von Tronka seguindo sentenças judiciais lavradas de próprio punho e, não o encontrando em seu castelo, atacar com fogo e espada a comunidade inteira que o protege? Kohlhaas replicou: ninguém, reverendíssimo senhor, desde logo. Uma notícia que recebi de Dresden me enganou e desencaminhou! A guerra que faço à comunidade dos homens seria um crime se eu não tivesse sido execrado dela, conforme vós mesmo me garantistes! Execrado!, exclamou Lutero, olhando para ele. Que loucura dos pensamentos tomou conta de ti? Quem foi que te execrou da comunidade do Estado em que vivias? Sim, mostra um caso em que, enquanto haja Estado, alguém tenha sido execrado dele?

Execrado, respondeu Kohlhaas, cerrando a mão, eu chamo a todo aquele a quem é negada a proteção das leis! Pois preciso dessa proteção para que meu ofício pacífico floresça; sim, foi por causa dela que me refugiei junto a essa comunidade com tudo aquilo que consegui; e quem a recusa a mim me execra aos selvagens do deserto; ele me põe à mão, como haveríeis de querer negá-lo, a clava que me protegerá a mim mesmo.

Quem foi que te recusou a proteção das leis?, gritou Lutero. Não escrevi a ti que a queixa que encaminhaste é desconhecida do soberano ao qual a encaminhaste? Se servidores do Estado desconsideraram processos a suas costas, ou fazem troça de seu nome sagrado sem que ele saiba disso, quem, se não Deus, pode lhe fazer justiça por escolher servidores assim? E tu, homem amaldiçoado e terrível, achas que tens o direito de condená-lo por causa disso?

Pois bem, replicou Kohlhaas, se o soberano não me execrar também, eu voltarei à comunidade que ele protege. Providenciai para mim, eu repito, salvo-conduto até Dresden; se assim for, dissolverei o bando que deixei no castelo de Lützen e levarei a queixa, com a qual fui rechaçado, mais uma vez ao tribunal do eleitorado.

Lutero, com o rosto carrancudo, jogou uns sobre os outros os papéis que jaziam na mesa e ficou em silêncio. A postura desafiadora que aquele homem estranho assumia no Estado o irritava; e, considerando a sentença judicial que ele decretara, ainda em Kohlhaasenbrück, contra o fidalgo, perguntou: o que ele exigiria então do tribunal de Dresden? Kohlhaas respondeu: punição ao fidalgo, conforme a lei; restabelecimento dos cavalos ao estado em que se encontravam anteriormente; e compensação pelos danos que tanto eu quanto meu servo Herse, que tombou em Mühlberg, sofremos com a violência exercida contra nós.

Lutero exclamou: compensação pelos danos! Tomaste emprestadas somas que chegam aos milhares, com judeus e cristãos, fazendo trocas e penhoras, apenas para levar a cabo tua vingança selvagem. Também colocarás esse valor na conta se alguém perguntar a respeito?

Deus me livre!, replicou Kohlhaas. Não exijo de volta nem minha casa e minha quinta, nem mesmo o bem-estar que desfrutei anteriormente; tampouco o pagamento dos gastos com o enterro de minha esposa! A velha mãe de Herse providenciará um cálculo dos custos medicinais e a especificação dos prejuízos sofridos por seu filho no castelo von Tronka; e o dano que sofri por não vender os morzelos deve ser avaliado pelo governo através de um especialista.

Lutero disse: homem louco, inconcebível e terrível!, e olhou para ele. Depois de tua espada ter alcançado vingança, a mais furibunda que se possa imaginar, contra o fidalgo, o que é que te leva a fazer questão de exigir contra ele ainda um reconhecimento oficial cujo gume afiado, ao cair, o acertará apenas com um peso de tão insignificante importância?

Kohlhaas replicou, enquanto uma lágrima lhe rolava pela face: reverendíssimo senhor! Isso custou a vida de minha esposa; Kohlhaas quer mostrar ao mundo que ela não morreu por nenhuma causa injusta. Aceitai minha vontade em relação a isso e deixai que o tribunal fale; em todo o resto que possa ser motivo de disputa, eu me curvo a vós.

Lutero disse: olha aqui, o que exiges é justo se as circunstâncias forem de fato conforme a voz pública as faz ouvir; e se soubesses levar a disputa à decisão dos governantes, antes de te decidir arbitrariamente à vingança pessoal, tua exigência, não tenho a menor dúvida disso, teria sido acatada ponto a ponto. Mas será que não terias, medindo bem as coisas, feito melhor se, atendendo à vontade de teu salvador, tivesses perdoado o fidalgo e tomado à mão os cavalos, magros e desgastados como estavam, para levá-los a teu estábulo em Kohlhaasenbrück, onde poderias alimentá-los até que voltassem a se tornar gordos como eram antes?

Kohlhaas respondeu: pode até ser! E em seguida foi até a janela: mas pode também ser que não! Se eu soubesse que teria de usar o sangue do coração de minha querida esposa para fazer com que andassem: pode ser que eu tivesse feito conforme dizeis, reverendíssimo senhor, e não tivesse me esquivado a um alqueire de aveia! Mas uma vez que eles se tornaram tão caros para mim, as coisas acabaram andando por si mesmas: deixai que a justiça que me é devida fale mais alto, e que o fidalgo me entregue os cavalos bem-alimentados.

Lutero disse, voltando a pegar seus papéis e concentrado em alguns pensamentos: que por sua vontade poderia ter uma conversa com o príncipe eleitor. Enquanto isso, que ele por favor se mantivesse calmo no castelo de Lützen; se o soberano lhe permitisse um salvo-conduto, fariam com que ele ficasse sabendo de tudo através de cartazes públicos. Mas, ele prosseguiu dizendo quando Kohlhaas se curvou para beijar sua mão: não sei se o príncipe eleitor aceitará que a graça tome o lugar da justiça; pois, pelo que sei, ele juntou um exército e está pronto para ir ao castelo de Lützen a fim de te colocar fora de combate; entretanto, conforme já disse, não será por falta de empenho da minha parte que teus desejos não serão atendidos. E com isso se levantou e fez menção de dispensá-lo. Kohlhaas observou que seu apoio o deixava completamente tranquilo em relação a esse ponto. Ao que Lutero o cumprimentou com um aperto de mão, mas viu Kohlhaas cair de repente a seus pés e dizer: que tinha ainda um pedido em seu coração. No dia de Pentecostes ele costumava ir à mesa do senhor, mas devido a seus negócios de guerra acabara por deixar de ir à igreja; se, portanto, ele teria o beneplácito de aceitar sua confissão, sem mais preparativos, concedendo-lhe depois disso também o santo sacramento da comunhão? Lutero, depois de refletir um pouco, disse, olhando com severidade para ele: sim, Kohlhaas, vamos lá! Mas o senhor, cujo corpo e sangue agora cobiças, perdoou seu inimigo. Queres, acrescentou ele ao ver o outro combalido, perdoar também ao fidalgo que te ofendeu? Ir ao castelo von Tronka, montar teus cavalos e levá-los de volta a Kohlhaasenbrück, onde poderás engordá-los de novo?

Reverendíssimo senhor, disse Kohlhaas, enrubescendo ao tomar sua mão.

E então?

O senhor também não perdoou a todos seus inimigos. Posso perdoar o príncipe eleitor, meus dois senhores alcaide e administrador do castelo, os senhores Fulano e Beltrano, e quem mais que eu possa ter magoado nessa questão; mas ao fidalgo, se for possível, quero obrigar a me entregar os cavalos gordos como estavam antes.

A essas palavras, Lutero voltou-lhe as costas com um olhar aborrecido, e tocou a campainha. Kohlhaas, enquanto um fâmulo chamado pelo toque se anunciava munido de luz na antessala, levantou combalido do chão, enxugando os olhos; e uma vez que o fâmulo procurasse em vão abrir a porta, porque esta estava trancada, e Lutero voltara a se sentar a seus papéis, foi Kohlhaas quem abriu a porta ao homem. Lutero, com um breve olhar de esguelha dirigido ao homem estranho, disse ao fâmulo: ilumina aqui! Ao que este, um tanto encafifado com a visita que presenciou, pegou a chave da casa pendurada à parede e, aguardando a retirada do estranho, voltou a sair pela porta entreaberta do quarto.

Kohlhaas disse, enquanto tomava, comovido, o chapéu entre as mãos: de modo que sendo assim não poderei tomar parte, reverendíssimo senhor, no beneplácito do perdão que vos implorei? Lutero respondeu, seco: por teu salvador, não; isso ficará reservado ao príncipe eleitor, conforme a tentativa que prometi fazer! E com isso assinalou ao fâmulo que encaminhasse a tarefa que lhe havia dado sem mais retardos. Kohlhaas botou ambas as mãos sobre o peito com a expressão do mais doloroso sentimento estampada no rosto; depois seguiu o homem que lhe iluminou as escadarias e desapareceu.

Na manhã seguinte Lutero enviou ao príncipe eleitor da Saxônia uma carta na qual revelava ao soberano, depois de uma amarga menção aos senhores Fulano e Beltrano, camareiro e copeiro de Wenzel von Tronka, que se encontravam à volta de sua pessoa e que haviam, conforme todo mundo sabia, desconsiderado sem mais a queixa, usando da franqueza que lhe era característica, que, sendo tão terríveis as circunstâncias, não restava outra coisa a fazer a não ser aceitar a sugestão do comerciante de cavalos e lhe conceder anistia pelo que havia ocorrido, retomando seu processo. A opinião pública, observou ele, estava do lado daquele homem de um modo altamente perigoso, a ponto de até mesmo em Wittenberg, três vezes por ele incinerada, as vozes estarem depondo a seu favor; e, uma vez que ele infalivelmente levaria seu requerimento, caso fosse rechaçado, ao conhecimento do povo fazendo observações malevolentes, as coisas facilmente poderiam escalar a um grau em que nada mais se conseguiria fazer usando apenas o poder do Estado. Concluiu dizendo que nesse caso extraordinário era necessário deixar de lado os escrúpulos de não negociar com um cidadão do Estado que apelara às armas; que o mesmo de certo modo realmente havia sido colocado fora dos vínculos estatais através do procedimento que lhe havia sido imposto; e que, em resumo, para sair da questão, seria necessário considerá-lo antes uma força estrangeira que atacara o território, o que aliás parecia adequado na medida em que se tratava de fato de um estrangeiro, e não de um rebelde que se levantava contra o trono.

    O príncipe eleitor recebeu a carta no justo instante em que o príncipe Cristiern von Meissen, generalíssimo do reino e tio do príncipe Friedrich von Meissen, derrotado em Mühlberg e ainda jacente devido a seus ferimentos, mais o conde Wrede, grão-chanceler do tribunal, o conde Kallheim, presidente da chancelaria estatal, e os dois senhores Fulano e Beltrano von Tronka, este camareiro, aquele copeiro, todos eles amigos de juventude e confidentes do soberano, se encontravam presentes no castelo. O camareiro, senhor Beltrano, que, na qualidade de conselheiro secreto, providenciava a correspondência sigilosa do soberano, com a permissão de usar de seu nome e de seu brasão, foi o primeiro a tomar a palavra, e, depois de explicar mais uma vez detalhadamente que jamais teria rechaçado com uma disposição arbitrária a queixa contra o fidalgo, seu primo, que o comerciante de cavalos havia trazido ao tribunal, caso não tivesse considerado, enganado por falsas indicações, que se tratasse de uma demanda absurda e completamente desprovida de fundamento, chegou enfim ao estado momentâneo das coisas. Observou que, nem segundo leis divinas nem segundo leis humanas, o tratante de cavalos estaria autorizado àquele erro de julgamento, levando a cabo uma vingança pessoal assim tão monstruosa quanto a que ele se permitira; descreveu o brilho que recairia sobre sua cabeça amaldiçoada se fosse aberta uma negociação que o tratasse como uma instância guerreira dentro da lei; e a vergonha, por sua vez, que respingaria com isso na pessoa sagrada do príncipe eleitor lhe parecia tão insuportável que ele, no fogo de sua eloquência, disse preferir vivenciar o extremo, atendendo à sentença jurídica do rebelde alucinado, e ver o fidalgo, seu primo, sendo levado a Kohlhaasenbrück para engordar os cavalos, a presenciar aceita a sugestão feita pelo doutor Lutero.

O grão-chanceler do tribunal, conde Wrede, voltando-se de lado ao camareiro, expressou seu lamento com o fato de cuidados tão suaves quanto os que ele mostrava pela honra e glória do soberano na solução daquele caso de todo modo tão desagradável não o tivessem ajudado na ocasião em que tratou pela primeira vez do mesmo. Expôs ao príncipe eleitor seus escrúpulos com a possibilidade de recorrer às forças do Estado para impor uma medida ao que tudo indica injusta; observou, com um olhar significativo ao apoio e à afluência que o comerciante de cavalos não cessava de encontrar no território, que o fio dos crimes ameaçaria assim se esticar ao infinito, e explicou que apenas uma singela correção da justiça, remediando imediata e incondicionalmente o erro que havia sido cometido, é que poderia romper o mesmo fio e arrancar o governo de maneira venturosa para fora daquele negócio desastroso.

O príncipe Christiern von Meissen declarou, à pergunta do soberano sobre o que achava do caso, voltado com veneração para o grão-chanceler: o modo de pensar que ele revelava por certo o enchia do maior respeito; mas, na medida em que pretendia ajudar aquele Kohlhaas a alcançar justiça, não lembrava que assim prejudicava Wittenberg e Leipzig, como também o território inteiro maltratado por ele, em sua justa reivindicação pelo reparo dos danos ou ao menos pela punição do incendiário. A ordem do Estado teria sido tão desconjuntada por aquele homem que seria difícil voltar a articulá-la usando um princípio oriundo da ciência do direito. Por isso, ele concordava com a opinião do camareiro, no sentido de invocar os meios normalmente empregados para casos desse jaez: juntar um exército guerreiro de tamanho suficientemente grande e com ele prender ou esmagar o comerciante de cavalos que se estabelecera em Lützen.

O camareiro, pegando cadeiras para o príncipe Christiern von Meissen e para o príncipe eleitor junto à parede, e postando-as bem próximas uma da outra no meio do quarto, disse: que se alegrava que um homem de tamanha integridade e sabedoria concordava com ele no meio a ser usado para dar conta daquele caso dúbio. O príncipe, segurando, sem se sentar, a cadeira com a mão, olhou para ele fixamente e lhe garantiu: que ele não tinha o menor motivo para se alegrar com isso, e disse inclusive que a medida necessariamente vinculada à ação seria enviar antes uma ordem de prisão e processar o camareiro por uso abusivo do nome do soberano. Pois caso a necessidade exigisse que, ante o trono da justiça, o véu fosse baixado sobre uma série de delitos que se multiplicavam indefinidamente a ponto de não mais encontrarem espaço de análise em um tribunal instituído, isso não teria sido necessário se o primeiro crime que os ocasionou tivesse sido evitado; e apenas a própria acusação e condenação do camareiro à sentença capital é que dariam ao Estado o direito de aniquilar o comerciante de cavalos, cuja causa, conforme se sabia, era assaz justa, inclusive porque lhe havia sido dada em mãos a espada que agora levantava. O príncipe eleitor, para o qual o camareiro olhou abespinhado ao ouvir essas palavras, deu as costas a todos e foi até a janela, com o rosto completamente enrubescido. O conde Kallheim disse, depois de uma pausa constrangida da parte de todos, que desse modo não se sairia do círculo mágico em que se estava preso. Pois sendo assim também o sobrinho do príncipe, o príncipe Friedrich von Meissen, poderia ser processado; pois também ele teria, na incursão de caráter especial que havia feito contra aquele Kohlhaas, ido além da instrução em vários aspectos: de modo que, caso se instaurasse um inquérito em meio à turba dispersa, a fim de descobrir os responsáveis pelo embaraço no qual todos se encontravam, ele também deveria ser relacionado entre os mesmos e chamado às falas pelo soberano devido ao que sucedera em Mühlberg.

O copeiro, senhor Fulano von Tronka, tomou a palavra enquanto o príncipe eleitor se aproximava da mesa com olhares incertos, e disse: que ele não entendia como a resolução estatal a ser tomada podia escapar a homens de tanta sabedoria como os que estavam reunidos ali. O comerciante de cavalos teria, segundo ele sabia, prometido, em troca apenas do salvo-conduto a Dresden e da revisão de sua causa, dispersar o bando com o qual atacara o território. Mas disso não se podia concluir que se lhe devia conceder também anistia depois dessa vingança ultrajante; dois conceitos legais que tanto o doutor Lutero quanto o conselheiro do Estado pareciam confundir. Quando, ele prosseguiu dizendo depois de levar o dedo ao nariz, o tribunal de Dresden tiver dado sua sentença relativa ao caso dos morzelos, nada impediria que o tal Kohlhaas fosse preso em razão de suas pilhagens e incêndios assassinos: uma postura sábia da parte do Estado, que uniria as vantagens dos pontos de vista de ambos os representantes do Estado, e que por certo garantiria o aplauso do mundo e da posteridade.

O eleitor, depois de tanto o príncipe quanto o grão-chanceler terem respondido ao discurso do senhor Fulano apenas com um olhar, de modo que a reunião parecia ter sido encerrada, disse: que ele refletiria acerca das diversas opiniões há pouco apresentadas até a próxima assembleia do conselho do Estado. Parecia que a medida preliminar, exposta pelo príncipe, de organizar contra Kohlhaas uma campanha militar, para a qual aliás já estava tudo preparado, não havia alcançado qualquer simpatia em seu coração receptível à amizade. Ele pelo menos reteve consigo o grão-chanceler, conde Wrede, cuja opinião lhe pareceu a mais sensata e objetiva; e, quando este lhe apresentou cartas das quais se depreendia que o comerciante de cavalos de fato já contava com uma tropa de quatrocentos homens, e que ademais, devido à insatisfação geral reinante no território devido às inconveniências do camareiro, era possível que em pouco o número até dobrasse e triplicasse, o príncipe eleitor se decidiu sem mais a aceitar o conselho que o doutor Lutero lhe havia feito. De acordo com isso, entregou ao conde Wrede a condução de tudo o que dizia respeito à questão Kohlhaas: e já depois de poucos dias apareceu um cartaz que reproduzimos conforme segue, apresentando a parte mais importante de seu conteúdo:

Nós, etc. etc., príncipe eleitor da Saxônia, concedemos, levando em consideração especialmente benévola a intercessão a Nós encaminhada por parte do doutor Martinho Lutero, a Michael Kohlhaas, comerciante de cavalos de Brandemburgo, com a condição de que em três dias depois de o presente lhe chegar às mãos deponha as armas que ora levanta, salvo-conduto até Dresden para fins de uma nova investigação de sua causa; mas de tal modo que se o mesmo, conforme aliás não se espera que aconteça, não obtiver sucesso junto ao tribunal de Dresden com sua queixa relativa aos morzelos, terá de se curvar à severidade da lei devido a sua empresa arbitrária de buscar justiça com as armas; se o resultado for outro, no entanto, ele e todo seu bando serão merecedores de misericórdia e anistia completa em relação às violências cometidas na Saxônia.

Kohlhaas não demorou a receber, da parte do doutor Lutero, um exemplar desse cartaz afixado em todas as praças do território, dissolvendo em seguida, apesar das severas condições estipuladas no mesmo, todo seu bando e despedindo-o com presentes, agradecimentos e advertências objetivas. Deixou todos os despojos que havia amealhado, dinheiro, armas e instrumentos, junto aos tribunais de Lützen, estipulando se tratar de propriedade do eleitorado; e, depois de ter mandado Waldmann a Kohlhaasenbrück, levando carta ao bailio na qual, se possível, solicitava a recompra de sua quinta, e Sternbald a Schwerin para buscar seus filhos, que desejava ter consigo de novo, deixou o castelo de Lützen e partiu, incógnito, a Dresden, com o resto de seu pequeno patrimônio, estipulado em papéis que carregava consigo.

* * *

O dia acabava de chegar e a cidade inteira ainda dormia quando Kohlhaas bateu na propriedade localizada na cidade de Pirna, que havia lhe restado em razão da honestidade do bailio, dizendo a Thomas, o caseiro que conduzia a velha quinta e lhe abriu a porta surpreso e perplexo: que anunciasse ao príncipe von Meissen, no palácio do governo, que ele, Kohlhaas, o comerciante de cavalos, se encontrava ali.

O príncipe von Meissen, que a esse anúncio considerou adequado, pelo menos por enquanto, informar-se pessoalmente acerca da relação em que se estava com aquele homem, já encontrou, ao aparecer logo depois com um séquito de cavaleiros e servos, nas estradas que levavam à moradia de Kohlhaas, uma incomensurável multidão de pessoas reunidas. A notícia de que se encontrava por ali o anjo vingador, que perseguia os opressores do povo com o fogo e a espada, havia botado em pé a cidade inteira de Dresden, tanto no centro quanto nos arrabaldes; era necessário fechar a porta de casa devido à afluência da turba curiosa, e os fidalgos escalavam as janelas a fim de ver o incendiário que tomava seu desjejum ali dentro. Assim que o príncipe, com a ajuda da guarda que lhe abria o caminho, conseguiu entrar na casa, chegando ao recinto em que se encontrava Kohlhaas, perguntou-lhe, mesmo estando ele seminu junto à mesa: se ele seria Kohlhaas, o comerciante de cavalos? Ao que Kohlhaas, tirando do cinto uma carteira com vários papéis que indicavam sua identidade, e entregando-os reverentemente a ele, respondeu: sim!, acrescentando em seguida: que ele se encontrava em Dresden, depois de dissolver seu bando guerreiro e conforme o salvo-conduto que lhe havia sido concedido pelo soberano territorial, a fim de levar ao tribunal sua queixa relativa aos morzelos, dirigida contra o fidalgo Wenzel von Tronka. O príncipe, depois de um olhar fugidio em que o avaliou de alto a baixo, percorreu os papéis que se encontravam na carteira; pediu que ele explicasse as condições do papel que lhe fora assinado pelo tribunal de Lützen que ali encontrou, contendo uma disposição em favor do tesouro do eleitorado; e, depois de ter examinado as características do homem, fazendo perguntas de gênero variado acerca de seus filhos, de seu patrimônio e sobre o modo de vida que pretendia levar no futuro, constatando em todas elas que por certo se poderia ficar tranquilo em relação a ele, devolveu-lhe a carteira com os documentos e disse: que nada atravancava o caminho de seu processo, e que poderia se dirigir imediatamente ao grão-chanceler do tribunal, o conde Wrede. Entrementes, disse o príncipe depois de uma pausa em que se dirigiu à janela e viu de olhos arregalados o povo que se juntara diante da casa: precisarás aceitar, nos primeiros dias, uma guarda que te proteja tanto em tua casa quanto fora dela, quando saíres!

Kohlhaas baixou os olhos, contrafeito, e permaneceu em silêncio. O príncipe disse, voltando a deixar a janela: tudo bem, então! Mas tu mesmo serás responsável por isso; e em seguida voltou a se dirigir à porta na intenção de deixar a casa. Kohlhaas, que ponderara a respeito, disse: digníssimo senhor! Fazei o que quiserdes! Dai-me vossa palavra de que poderei dispensar a guarda assim que desejar e eu nada terei a opor contra essa medida! O príncipe replicou: que isso não necessitava ser discutido; e, depois de ter mostrado a três lansquenês que lhe haviam sido destinados para esse fim que aquele homem, em cuja casa ficariam, era livre, e que apenas deveriam segui-lo para sua proteção quando ele saísse, cumprimentou o comerciante de cavalos com um movimento desdenhoso de mão e se afastou.

Por volta do meio-dia, Kohlhaas, acompanhado de seus três lansquenês e seguido por uma multidão incalculável que no entanto nada lhe fez de mal por estar advertida pela polícia, foi até o grão-chanceler do tribunal, o conde Wrede. O grão-chanceler, que o recebeu em seus aposentos com brandura e amabilidade, conversou duas horas inteiras com ele e, depois de ter pedido que lhe contasse todo o decorrer da questão, do princípio ao fim, indicou-lhe um famoso advogado da cidade, funcionário do tribunal, para que este registrasse e apresentasse imediatamente a queixa. Kohlhaas, sem mais demoras, logo se pôs a caminho da casa do advogado; e, depois de redigida a queixa, bem semelhante à primeira que havia sido rechaçada, e que mais uma vez reivindicava a punição do fidalgo conforme a lei, o restabelecimento dos cavalos em seu estado anterior e compensação tanto para seus danos quanto para os danos do servo Herse morto em Mühlberg, e que portanto deviam ser repassados à mãe do mesmo, Kohlhaas voltou para casa, acompanhado do povo que continuava olhando pasmo para ele, por certo decidido a não deixá-lo, a não ser em caso de extrema necessidade.

Entrementes também o fidalgo havia sido liberado de sua detenção em Wittenberg e, depois de se restabelecer de uma perigosa erisipela que infeccionara seu pé, fora imediatamente instado pelo tribunal a se apresentar, sob condições peremptórias, em Dresden, a fim de se responsabilizar ante a queixa apresentada contra ele pelo comerciante de cavalos

Kohlhaas, que o acusava de lhe ter tomado ilegalmente e aniquilado seus morzelos. Os irmãos, o camareiro e o copeiro von Tronka, ligados ao fidalgo por laços de parentesco e de vassalagem, em cuja casa ele se apresentou, receberam-no com o maior amargor e desprezo; chamaram-no de miserável e inútil, que trazia desonra e vergonha sobre toda a família, anunciando que agora perderia infalivelmente seu processo, e instando-o a mandar buscar logo os morzelos que, para escárnio do mundo inteiro, seria condenado a engordar. O fidalgo disse com voz débil e trêmula: que era o ser humano mais digno de lamentação do mundo inteiro. Jurou que apenas sabia bem pouco de todo aquele negócio maldito que o estava precipitando na desgraça, e que o alcaide e o administrador do castelo eram os culpados de tudo por terem usado os cavalos na colheita sem que ele ao menos soubesse e muito menos quisesse, acabando por aniquilá-los devido a esforços desproporcionais e exagerados, em parte nos próprios campos dos dois. Ao dizê-lo, sentou-se, e implorou que não o empurrassem deliberadamente, com mais mágoas e ofensas, de volta ao mal do qual acabara de escapar.

No dia seguinte, os senhores Fulano e Beltrano, que possuíam bens na região do castelo von Tronka agora incinerado, escreveram, a pedido do fidalgo, seu primo, e porque realmente não restava outra coisa a fazer, aos administradores e locatários que ficaram por lá, a fim de buscar notícias sobre os morzelos que desde aquele dia haviam desaparecido sem deixar rastro. Mas tudo que puderam ficar sabendo, ante a devastação completa do lugar e o massacre de quase todos seus habitantes, foi que um servo, açulado pelas espadeladas intermitentes do incendiário, os havia salvo do galpão em chamas em que estavam, recebendo, em resposta à pergunta sobre aonde deveria levá-los e o que deveria fazer com eles, um simples pontapé do homem possesso. A velha governanta do fidalgo, torturada pela gota, buscara refúgio em Meissen, e garantira, a um questionamento que lhe fora mandado por escrito, que o servo havia se dirigido com os cavalos para a fronteira brandemburguesa na manhã seguinte àquela noite terrível; mas todas as perguntas que se fez por ali foram em vão, e parecia haver algum engano nessa notícia, até porque o fidalgo não tinha nenhum servo oriundo de Brandemburgo ou mesmo que morasse em uma das estradas que para lá levava. Homens de Dresden, que poucos dias depois do incêndio do castelo von Tronka haviam estado em Wilsdruf, declararam que à época mencionada um servo chegara ao lugarejo com dois cavalos trazidos pelo cabresto, deixando os animais, por estarem em estado tão miserável que os impedia de seguir adiante, no curral de um pastor de ovelhas, que pretendia voltar a fazer com que se restabelecessem. Parecia bem provável, por vários motivos, que se tratava dos morzelos investigados; mas o pastor de Wilsdruf, conforme garantiam pessoas que vinham do lugar, já voltara a negociá-los, não se sabia com quem; e um terceiro boato, cujo iniciador permaneceu incógnito, chegou a declarar que os cavalos já haviam entregado o espírito a Deus e jaziam enterrados no ossário de Wildsruf.

Os senhores Fulano e Beltrano von Tronka, para os quais esse novo estado de coisas, conforme se pode muito bem compreender com facilidade, era o mais desejável, na medida em que, faltando ao fidalgo seu primo os estábulos, eles seriam obrigados a engordar os morzelos nos seus, desejaram ter absoluta certeza e confirmar as circunstâncias. O senhor Wenzel von Tronka enviou então, na condição de senhor feudal por direito de herança naquela jurisdição, uma carta aos tribunais de Wilsdruf, solicitando encarecidamente aos mesmos, depois de uma descrição detalhada dos morzelos que, conforme dizia, lhe haviam sido confiados e os quais acabara perdendo devido a um incidente, que fosse investigado seu momentâneo paradeiro, encontrando e parando o novo dono, fosse quem fosse, a fim de que, mediante generoso reembolso de todos seus custos, os cavalos fossem entregues às cavalariças do camareiro, o senhor Beltrano, em Dresden. E assim de fato, poucos dias depois, acabou aparecendo o homem com o qual o pastor de Wilsdruf os havia negociado, e os conduziu, magérrimos e capengas, atrelados ao fueiro de sua carroça, ao mercado da cidade; mas quis a infelicidade, tanto a do senhor Wenzel von Tronka, quanto ainda mais a do honesto Kohlhaas, que se tratasse do esfolador de Döbbeln.

Assim que o senhor Wenzel von Tronka, na presença do camareiro, seu primo, ficara sabendo por um boato pouco claro que um homem chegara à cidade com dois cavalos negros fugidos ao incêndio no castelo, ambos se dirigiram, acompanhados por alguns servos juntados na casa mesmo, para o pátio central onde ele se encontrava, a fim de, constatado o fato de se tratar realmente dos morzelos de Kohlhaas, tomá-los dele, restituindo-lhe todos os custos, e em seguida levá-los para casa. Mas como se mostraram acachapados os cavaleiros ao vislumbrar uma multidão de pessoas que de instante a instante aumentava, atraída pelo espetáculo em torno da carroça de duas rodas à qual estavam presos os dois animais: lançando gargalhadas infindas, todos gritavam uns aos outros que os cavalos que faziam o Estado balançar já estavam nas mãos do carrasco! O fidalgo, que dera uma volta em torno da carroça contemplando os animais miseráveis que pareciam estar prontos a morrer a qualquer instante, disse embaraçado: aqueles não eram os cavalos que havia tomado a Kohlhaas; mas o senhor Beltrano, camareiro, lançando a ele um olhar cheio de ira muda que, se fosse de ferro, teria esmagado seu corpo, aproximou-se do esfolador, abrindo o capote e mostrando suas ordens e correntes, e perguntou-lhe: se aqueles eram os morzelos que o pastor de Wilsdruf havia adquirido, e o fidalgo Wenzel von Tronka, ao qual eles pertenciam, havia requerido ali mesmo junto aos tribunais. O esfolador que, com um balde de água na mão, estava ocupado em dar de beber a um cavalo gordo e corpulento que puxava sua carroça, disse: os morzelos?... Acariciou o cavalo, após depor o balde no chão, exibindo os dentes do animal, e disse: que os morzelos que estavam atados ao fueiro lhe haviam sido vendidos pelo porqueiro de Hainichen. Se este os conseguira com o pastor de Wilsdruf ele não sabia. O que o mensageiro do tribunal de Wilsdruf havia lhe dito, ele prosseguiu falando, enquanto voltava a pegar o balde, mantendo-o preso entre o joelho e o timão, era que devia levá-los a Dresden para a casa dos von Tronka, mas que o nome do fidalgo mencionado a ele era Beltrano. Ao dizer essas palavras, ele se virou, com o resto da água que o cavalo grande e corpulento havia deixado no balde, e o derramou no calçamento da rua. O camareiro que, envolvido pelos olhares sorridentes e cheios de escárnio da multidão, não conseguia fazer com que o tipo, que continuava ocupado com suas coisas sem mostrar o menor interesse, olhasse diretamente para ele, disse: que ele era o camareiro, Beltrano von Tronka; mas que os morzelos que ele pretendia pegar tinham de ser os do fidalgo, seu primo; que haviam passado de um servo, que por ocasião do incêndio no castelo von Tronka havia conseguido fugir, ao pastor de Wilsdruf, mas originalmente por certo eram os morzelos do comerciante de cavalos Kohlhaas! Perguntou ao tipo parado ali de pernas abertas e puxando as calças para cima: se ele nada sabia disso? E se o porqueiro de Hainichen, pouco importava em que circunstâncias, não os havia adquirido do pastor de Wilsdruf, ou até de um terceiro, que por sua vez os teria comprado deste?

O esfolador, que se apoiara à carroça para tirar água do joelho, disse: que havia sido mandado a Dresden com os morzelos, a fim de receber na casa dos von Tronka seu dinheiro por isso. O que ele apresentava ali não sabia ao certo; e se antes de pertencerem ao porqueiro de Hainichen haviam pertencido a Pedro ou a Paulo, ou ao pastor de Wilsdruf, pouco lhe importava, já que não os havia roubado. E em seguida, com o chicote de través sobre as costas largas, foi até uma taverna localizada junto à praça, na intenção de tomar um repasto, faminto como estava. O camareiro, que no mundo de Deus não sabia o que deveria fazer com os cavalos que o porqueiro de Hainichen vendera ao esfolador de Döbbeln, caso não fossem aqueles sobre os quais o diabo cavalgava pela Saxônia, instou o fidalgo a dizer alguma coisa; mas, uma vez que este replicasse, de lábios pálidos e trêmulos, que o mais aconselhável seria comprar os morzelos, quer pertencessem a Kohlhaas, quer não, o camareiro, abrindo o capote, saiu do meio da multidão, amaldiçoando pai e mãe que o haviam parido, sem a menor ideia a respeito do que devia ou não devia fazer. Chamou o barão von Wenk, um conhecido, que cavalgava na estrada, e, obstinadamente decidido a não deixar a praça, mesmo que a ralé não parasse de lhe lançar olhares sarcásticos, parecendo esperar apenas que ele se afastasse com os lenços apertados às bocas, para então explodir em uma gargalhada, pediu-lhe que apeasse à casa do grão-chanceler, o conde Wrede, conseguindo por intermédio deste que Kohlhaas viesse para examinar os morzelos.

Quis o acaso que Kohlhaas, chamado por um mensageiro do tribunal, se encontrasse nos aposentos do grão-chanceler para esclarecer algumas questões relativas ao depósito feito em Lützen, quando o barão se apresentou com a intenção mencionada; e, enquanto o grão-chanceler se levantava da poltrona com o rosto aborrecido, deixando o comerciante de cavalos, cuja pessoa não era conhecida do barão, parado de lado com os papéis que trazia na mão, o mesmo barão lhe detalhou a situação embaraçosa na qual se encontravam os dois senhores von Tronka. O esfolador de Döbbeln, atendendo à requisição precária dos tribunais de Wilsdruf, teria aparecido com cavalos cujo estado era tão miserável que o fidalgo Wenzel tinha dificuldades em reconhecê-los como sendo os animais de Kohlhaas; de modo que, caso fosse necessário adquiri-los junto ao esfolador para tentar restabelecê-los nos estábulos dos cavaleiros, era preciso que Kohlhaas fizesse antes uma inspeção ocular a fim de constatar se os animais eram de fato seus. Tende, portanto, a bondade, encerrou ele, de mandar buscar o comerciante de cavalos em sua casa por uma guarda e depois levá-lo ao mercado, onde se encontravam os morzelos. O grão-chanceler, tirando os óculos do nariz, disse: que o outro se enganava duplamente; por um lado se acreditava que as circunstâncias de que falavam não poderiam ser reconhecidas de outro modo a não ser através de uma inspeção ocular por parte de Kohlhaas; e por outro, se imaginava que ele, o chanceler, tinha o direito de mandar levar Kohlhaas por uma guarda para onde o fidalgo bem entendesse. E nisso apresentou a ele o comerciante de cavalos, que se encontrava em pé atrás dele, e lhe pediu, sentando-se e voltando a botar os óculos, que se dirigisse diretamente a Kohlhaas no que dizia respeito a essa questão.

Kohlhaas, que não deu a reconhecer com nenhuma careta o que lhe passava pela alma, disse: que estava pronto a segui-lo ao mercado a fim de examinar os morzelos que o esfolador havia trazido à cidade. Tornou a se aproximar da mesa do grão-chanceler, enquanto o barão se voltava para ele amofinado, e, depois de entregar a ele várias disposições relativas ao depósito em Lützen, tiradas dos papéis de sua carteira, pediu licença para se retirar; o barão, que havia se aproximado da janela com o rosto em brasas, também se despediu dele; e ambos foram, acompanhados pelos três lansquenês do príncipe von Meissen e atravessando em meio a uma multidão de pessoas, em direção à praça central.

O camareiro, senhor Beltrano, que entrementes, apesar dos conselhos de vários amigos que haviam se apresentado a ele pedindo que se retirasse dali, se mantivera no lugar em que estava em meio ao povo, diante do esfolador de Döbbeln, aproximou-se, assim que o barão apareceu com o comerciante de cavalos, deste último, e perguntou-lhe, mantendo sua espada debaixo do braço, cheio de orgulho e distinção: se os cavalos que estavam atrás da carroça eram os dele? O comerciante de cavalos, depois de ajeitar o chapéu fazendo um movimento humilde em direção ao senhor que lhe dirigia a pergunta, e que ele aliás não conhecia, aproximou-se, sem lhe responder, escoltado por todos os cavaleiros ali presentes, da carroça do esfolador; e, contemplando fugidiamente os animais que, capengando sobre as patas, as cabeças voltadas para o chão, ali se encontravam e nada comiam do feno que o esfolador lhes dera, a uma distância de doze pés, em que parou, limitou-se a dizer: honorável senhor!, voltando-se em seguida para o camareiro, o esfolador tem toda a razão; os cavalos atados a sua carroça me pertencem! E com isso, olhando para o círculo dos senhores que o envolviam, ajeitou o chapéu mais uma vez e, acompanhado de sua guarda, voltou a deixar a praça.

A essas palavras, o camareiro se aproximou do esfolador em passo tão rápido que o penacho de seu elmo soçobrou, e lançou até ele um saco de dinheiro; e enquanto este, com o saco na mão, passava um pente de chumbo nos cabelos, afastando-os da testa, e contemplava o dinheiro, o camareiro ordenou a um servo que soltasse os cavalos da carroça e os levasse para casa! O servo que, ao chamado de seu senhor, havia deixado um círculo de amigos e parentes que possuía entre o povo, também se aproximou dos cavalos, de fato um pouco enrubescido no rosto, saltando sobre uma grande poça de excrementos que havia se formado aos pés dos animais; porém, mal havia tocado seus cabrestos para desatá-los, quando o mestre artesão Himboldt, seu primo, agarrou seu braço e, dizendo as palavras: não vais tocar nesses imprestáveis rocins de abate!, o jogou para longe da carroça. E acrescentou, enquanto se voltava mais uma vez, saltando com passos incertos sobre a poça de excrementos, ao camareiro, imóvel e estupefato com o que sucedia: que ele devia conseguir um criado de açougue para lhe prestar um serviço como aquele! O camareiro que, espumando de raiva, contemplou por um momento o mestre artesão, voltou-se de costas e gritou por sobre as cabeças dos cavaleiros que o cercavam, chamando a guarda; e assim que, por ordem do barão von Wenk, um oficial saiu do castelo acompanhado de alguns alabardeiros do soberano, instou o mesmo, depois de resumir a incitação vergonhosa que os cidadãos locais se permitiam, a deter o guia da turba, o mestre artesão Himboldt. Acusou o artesão, agarrando-o pelo peito e dizendo: que ele havia arremessado para longe da carroça e maltratado o servo disposto a desatar os morzelos conforme sua ordem. O artesão, desviando-se com um movimento jeitoso do camareiro, que foi obrigado a soltá-lo, disse: honorável senhor! Dizer a um rapaz de vinte anos o que ele deve fazer não significa incitá-lo à revolta! Perguntai-lhe se, opondo-se aos usos e ao decoro, quer se ocupar dos cavalos amarrados à carroça; se ele quiser fazê-lo, depois de tudo aquilo que eu disse: que assim seja! Por mim poderá então até matá-los e esfolá-los! A essas palavras, o camareiro se voltou para o servo e lhe perguntou: se ele não estava disposto a cumprir sua ordem e desatar os cavalos que pertenciam a Kohlhaas e levá-los para casa. E, uma vez que este replicasse, acanhado, misturando-se à multidão de cidadãos: os cavalos precisavam antes ser restabelecidos à dignidade antes de lhe exigir coisa semelhante, o camareiro chegou por trás dele, arrancou seu chapéu, que estava adornado com os distintivos de sua casa, puxou a espada da bainha depois de pisotear o chapéu, e expulsou o servo instantaneamente da praça onde estava e de seus serviços com os golpes furiosos da lâmina. O mestre artesão Himboldt exclamou: joguem ao chão logo de uma vez esse assassino insano! E, como os cidadãos, indignados com essa apresentação, se reunissem e afastassem a guarda, ele derrubou o camareiro por trás, arrancou-lhe o capote, o colarinho e o elmo, tirou a espada de suas mãos e a arremessou cheio de ira bem longe além da praça. Em vão o fidalgo Wenzel, salvando-se do tumulto, chamou os cavaleiros para que viessem em socorro de seu primo; antes que eles tivessem dado um único passo nesse sentido, já haviam sido dispersados pelo empurra-empurra do povo, de tal modo que o camareiro, que feriu sua cabeça ao cair, ficou entregue à fúria maciça da multidão. Nada a não ser a aparição repentina de um destacamento de lansquenês a cavalo, que passava por acaso pela praça e que o oficial dos alabardeiros do soberano chamou para perto, pôde salvar o camareiro. O oficial, depois de dispersar a multidão, agarrou o mestre artesão furibundo, e, enquanto o mesmo era levado por alguns cavaleiros à prisão, dois amigos levantaram o infeliz cavaleiro, coberto de sangue, do chão onde estava e o conduziram para casa. Foi esse, pois, o desfecho terrível da tentativa bem-intencionada e honesta de alcançar satisfação ao comerciante de cavalos pela injustiça que lhe havia sido cometida. O esfolador de Döbbeln, cujo negócio já fora concluído, e que não queria permanecer por mais tempo ali, atou, quando o povo começou a se dispersar, os cavalos em um poste de iluminação, onde eles ficaram expostos o dia inteiro, sem que alguém se preocupasse com os mesmos, à zombaria dos arruaceiros e punguistas; de modo que, na falta de todo e qualquer cuidado e tratamento, a polícia teve de tomar conta deles, e, à chegada da noite, chamou o esfolador de Dresden para que, até nova ordem, os encaminhasse ao açougue nos arredores da cidade.

* * *

Esse incidente, por menos que o comerciante de cavalos tivesse alguma culpa em relação a ele, fez com que, mesmo entre os comedidos e mais generosos, despertasse no território inteiro uma atmosfera assaz perigosa em relação ao desfecho de sua disputa. Achava-se que a relação do mesmo com o Estado era completamente intolerável, e nas propriedades privadas e lugares públicos começou a se manifestar uma opinião de que seria melhor cometer uma injustiça aberta contra ele e acabar com toda a questão mais uma vez do que permitir que lhe fosse feita uma justiça alcançada com tantos atos de violência em uma causa assim tão desprezível, apenas para satisfação de sua teimosia alucinada. Para completa perdição do pobre Kohlhaas, o próprio grão-chanceler, por sua retidão excessiva e o ódio à família von Tronka advindo dela, acabou contribuindo para que esse estado de coisas se sedimentasse e espraiasse. Era bastante improvável que os cavalos, dos quais o esfolador de Dresden agora cuidava, voltassem algum dia à condição que tiveram no estábulo de Kohlhaasenbrück; supondo-se, porém, que isso fosse possível mediante todas as artes do trato e cuidados contínuos, a vergonha que em razão das circunstâncias vigentes recaía sobre a família do fidalgo era tão grande que, ante o peso que a mesma possuía, na condição de uma entre as primeiras e mais nobres do território, nada parecia mais adequado e objetivo do que encaminhar uma indenização em dinheiro pelos cavalos. Quando, porém, o presidente, conde Kallheim, fez, em nome do camareiro, impedido por sua doença, essa proposta alguns dias depois em carta dirigida ao grão-chanceler, este até chegou a mandar correspondência a Kohlhaas na qual o advertia a não rechaçar, simplesmente, uma oferta semelhante; ao presidente, no entanto, o grão-chanceler se limitou a uma resposta breve e sem compromissos, pedindo que o poupasse de encargos privados na questão, e instando o camareiro a se dirigir pessoalmente ao comerciante de cavalos, que caracterizou como um homem assaz razoável e modesto. O comerciante de cavalos, cuja vontade de fato havia sido arrasada com o incidente ocorrido no mercado, também esperava apenas, seguindo o conselho do grão-chanceler, um primeiro passo por parte do fidalgo ou de seus parentes para ir ao encontro deles mostrando toda sua prontidão e perdoando tudo que havia acontecido; mas justamente dar esse primeiro passo era doloroso demais para os orgulhosos cavaleiros; e, duramente amargurados com a resposta que haviam recebido do grão-chanceler, mostraram-na ao príncipe eleitor que, já na manhã do dia seguinte, foi visitar o camareiro, doente como estava devido a suas feridas, em seu quarto. O camareiro, com voz débil e tocante em razão de seu estado, perguntou-lhe se o eleitor, depois de ele ter empenhado sua vida para resolver aquela causa conforme seu desejo, terminaria ainda por submeter também sua honra à censura do mundo, exigindo que ele comparecesse, implorando por acordo e clamando por indulgência, diante de um homem que derramara sobre ele e sua família toda a vergonha e desonra imagináveis. Depois de ter lido a carta, o príncipe eleitor perguntou, embaraçado, ao conde Kallheim: se o tribunal não estava autorizado, sem mais consultas a Kohlhaas e diante da circunstância de que os cavalos não poderiam mais ser recuperados, a pronunciar uma sentença de acordo com a qual a perda dos mesmos, como se estivessem mortos, deveria ser compensada com uma indenização em dinheiro? O conde respondeu: honorável senhor, eles *estão* mortos; juridicamente e conforme as leis do Estado eles estão mortos, uma vez que não possuem mais nenhum valor, e também o estarão fisicamente, antes que seja possível levá-los do esfoladouro aos estábulos dos cavaleiros; ao que o príncipe eleitor, guardando a carta, disse que iria falar pessoalmente a respeito com o grão-chanceler, tranquilizando o camareiro, que soergueu o corpo na cama e lhe agarrou a mão agradecido, e, depois de ainda ter lhe recomendado que cuidasse de sua saúde, levantou-se com toda a benevolência da poltrona em que estava e deixou o quarto.

Assim corriam as coisas em Dresden quando se abateu sobre o pobre Kohlhaas uma nova e mais significativa tempestade, vinda de Lützen, e que os astuciosos cavaleiros foram hábeis o suficiente para desviar à cabeça infeliz do mesmo. É que Johann Nagelschmidt, um dos servos que no passado se juntaram ao comerciante de cavalos e depois da publicação da anistia por parte do eleitorado voltaram a deixá-lo, considerara bom, poucas semanas depois, voltar a reunir, na fronteira boêmia, parte daquela ralé disposta a todo e qualquer ato infame, e levar adiante pelas próprias mãos a empresa a cujo rastro Kohlhaas o havia conduzido. Aquele sujeito inútil chamava a si mesmo, em parte para incutir medo na soldadesca que o perseguia, em parte para conduzir o povo rural a participar com as promessas habituais de suas ações bandoleiras, de lugar-tenente de Kohlhaas; espalhou, aproveitando-se da habilidade que aprendera com seu senhor e chefe, que a anistia não fora cumprida em relação a vários dos servos que haviam retornado a suas pátrias, e que o próprio Kohlhaas, em uma quebra de palavra que gritava a todos os céus, fora detido e entregue a uma guarda assim que chegara a Dresden; de modo que, com cartazes bem semelhantes aos de Kohlhaas, seu bando de incendiários parecia uma horda guerreira que se levantava puramente em honra de Deus, determinada a fazer com que a anistia prometida pelo príncipe eleitor fosse de fato cumprida; tudo, conforme já foi dito, de modo algum em honra de Deus e nem por devoção a Kohlhaas, cujo destino lhes era de todo indiferente, mas sim para botar fogo e pilhar tanto mais impune e confortavelmente sob a proteção de tais mistificações. Os cavaleiros, assim que chegaram a Dresden as primeiras notícias a respeito, não conseguiram reprimir a alegria propiciada por aquele incidente, que jogava sobre toda a ação de Kohlhaas feições completamente diversas. Lembraram, lançando olhares de esguelha pretensamente sábios e aborrecidos, do erro cometido no momento em que fora outorgada, apesar de todas suas repetidas e insistentes advertências, a anistia a Kohlhaas, encorajando assim os malfeitores de toda espécie que porventura seguissem seu caminho; e, não satisfeitos em creditar a Nagelschmidt o propósito de ter pegado em armas devido à mera conservação e garantia da segurança de seu senhor oprimido, inclusive chegaram a defender expressamente a opinião de que o próprio aparecimento do mesmo não passava de uma empresa maquinada por Kohlhaas em pessoa, a fim de impor medo ao governo e assim fazer com que o caso fosse levado a cabo e ademais acelerado, ponto a ponto, exatamente de acordo com sua vontade insana. O copeiro, senhor Fulano, chegou até mesmo a apresentar a suposta dissolução dos bandoleiros em Lützen como uma ilusão insidiosa diante de alguns fidalgos caçadores e homens da corte do príncipe eleitor que após a mesa haviam se juntado em torno dele na antessala; e, fazendo troça do amor à justiça do grão-chanceler, demonstrou, juntando divertidamente várias circunstâncias, que o bando continuava atuando nas florestas do eleitorado, esperando apenas o aceno do comerciante de cavalos para irromper de lá outra vez, munido de espada e espalhando o fogo a sua volta.

O príncipe Christiern von Meissen, assaz aborrecido com a mudança das coisas que ameaçava manchar de modo sensível a fama de seu soberano, dirigiu-se imediatamente ao castelo do mesmo; e, por certo vislumbrando o interesse dos cavaleiros de, caso fosse possível, derrubar Kohlhaas em razão de novos delitos, pediu ao soberano a permissão de submeter o comerciante de cavalos imediatamente a um interrogatório. O comerciante de cavalos, não sem estranhar, logo apareceu, conduzido por um esbirro, no palácio do governo, trazendo em ambos os braços Heinrich e Leopold, seus dois garotos ainda pequenos; pois Sternbald, o servo, no dia anterior chegara com seus cinco filhos de Mecklemburgo, onde estes estavam, e pensamentos de natureza diversa, que seria circunstanciado por demais desenvolver, fizeram com que ele erguesse do chão e levasse consigo ao interrogatório os mais novos, que à sua partida imploraram para que os levasse junto, derramando lágrimas infantis. O príncipe, depois de contemplar amavelmente as crianças que Kohlhaas havia sentado a seu lado, e perguntar de modo amistoso por sua idade e seus nomes, detalhou ao comerciante de cavalos as liberdades que Nagelschmidt, seu servo no passado, andava se permitindo nos vales junto às montanhas do Erz; e, entregando-lhe os assim chamados manifestos do mesmo, pediu que ele apresentasse o que tinha a apresentar em sua defesa naquilo que dizia respeito ao caso. Kohlhaas, por mais que tivesse se assustado de fato com os papéis vergonhosos e traiçoeiros que lhe foram apresentados, não chegou a demonstrar grandes dificuldades no sentido de se explicar e provar satisfatoriamente a um homem tão correto como o príncipe a falta de fundamento das acusações que lhe eram feitas. De acordo com aquilo que observou, do jeito que as coisas estavam, ele nem de longe necessitava da ajuda da parte de um terceiro, na medida em que inclusive seu processo estava progredindo da melhor maneira possível; de alguns papéis que carregava consigo, e que mostrou ao príncipe, inclusive ficou clara uma improbabilidade de caráter especial, que impediria o coração de Nagelschmidt a lhe prestar qualquer ajuda semelhante, na medida em que pouco antes da dissolução do bando em Lützen, chegara a querer mandar enforcar o rapaz devido a estupros e outras patifarias que este havia cometido nas terras baixas; e apenas a declaração da anistia por parte do príncipe eleitor, acabando com qualquer relação entre eles, é que o salvara, fazendo com que ambos um dia depois se separassem na condição de inimigos mortais. Em seguida Kohlhaas, vendo aceita a proposta que fizera ao príncipe, sentou-se e redigiu uma mensagem a Nagelschmidt, na qual declarava os propósitos do mesmo de garantir a manutenção da anistia prometida a ele e seu bando como sendo uma invenção vergonhosa e infame; dizia-lhe, ainda, que ao chegar a Dresden não fora detido nem entregue a guarda nenhuma, e que inclusive sua causa jurídica prosseguia exatamente como ele desejava, declarando até mesmo que o abandonava à justa vingança das leis, no sentido de alertar a ralé reunida em torno dele, devido aos crimes e incêndios promovidos nas montanhas do Erz após a publicação da anistia. Além disso, foram anexados à mensagem alguns fragmentos do processo criminal ao qual o comerciante de cavalos já o submetera no castelo de Lützen em razão das patifarias acima mencionadas, a fim de deixar claro ao povo que ele não passava de um tipo inútil, que já na época havia sido destinado ao patíbulo e que, conforme já foi dito, apenas se salvara em razão do indulto sancionado pelo príncipe eleitor. E assim o príncipe tranquilizou Kohlhaas em relação à suspeita que haviam sido obrigados a expressar através daquele interrogatório, forçado pelas circunstâncias; garantiu-lhe que, enquanto ele estivesse em Dresden, a anistia que lhe fora concedida não haveria de ser revidada de modo algum; estendeu mais uma vez a mão aos garotos, presenteando-os com algumas das frutas que estavam sobre a mesa, cumprimentou Kohlhaas e em seguida o dispensou.

O grão-chanceler, reconhecendo todavia o perigo que pairava sobre o comerciante de cavalos, fez de tudo para levar a bom termo sua causa antes que a mesma se enrolasse e ficasse ainda mais confusa em razão de novos acontecimentos; mas era justamente isso que desejavam e objetivavam os cavaleiros sabichões, e, em vez de continuar como antes a admitir silenciosamente sua própria culpa, limitando sua oposição a uma concessão jurídica que suavizasse a pena a que seriam submetidos, passaram a negar completamente a referida culpa, usando para tanto argumentos cheios de astúcia e rabulice. Ora afirmavam que os morzelos de Kohlhaas haviam sido retidos no castelo de Tronka apenas em razão de um procedimento arbitrário por parte do alcaide e do administrador, do qual o fidalgo aliás nada sabia ou apenas em parte havia sido informado; ora garantiam que os cavalos, já ao chegarem ao castelo, se mostravam doentes de uma tosse violenta e perigosa, o que era confirmado por testemunhas que eles mesmos deram um jeito de providenciar e convencer; e, quando foram tirados de campo com esses argumentos, depois de minuciosas investigações e disputas, providenciaram inclusive um édito eleitoral no qual, há doze anos, realmente havia sido proibida a introdução de cavalos de Brandemburgo na Saxônia devido a uma peste animal, demonstrando assim de um modo claro como o sol que o fidalgo não apenas estava autorizado, como inclusive obrigado a mandar parar os cavalos que Kohlhaas trazia consigo ao ultrapassar as fronteiras.

Kohlhaas, que entrementes readquirira sua quinta do íntegro bailio de Kohlhaasenbrück por uma módica compensação financeira das perdas que o mesmo tivera com o negócio, desejava, ao que parecia devido à conclusão judicial dessa questão, deixar Dresden por alguns dias e viajar para sua pátria; uma decisão que todavia, conforme não duvidamos, possivelmente contemplasse menos o negócio referido, por mais urgente que ele de fato fosse, uma vez que as sementes de inverno precisavam ser providenciadas, do que a intenção de examinar mais calmamente as circunstâncias de sua situação, tão peculiares e duvidosas; sem contar talvez ainda motivos de outra ordem, que deixamos ao encargo de adivinhar a todos aqueles que pretendem conhecer o coração humano. E assim ele se dirigiu, deixando para trás a guarda que lhe havia sido atribuída, até o grão-chanceler e lhe revelou, com os papéis do bailio na mão: que se mostrava disposto, caso não precisassem com urgência dele no tribunal conforme parecia, a deixar a cidade por um período de oito a doze dias, no decorrer dos quais ele prometia estar de volta, a fim de viajar a Brandemburgo. O grão-chanceler, olhando para o chão com o rosto agastado e pensativo, replicou: que era obrigado a admitir que a presença dele justamente naquele momento era mais urgente do que nunca, até porque o tribunal poderia necessitar de seus depoimentos e explicações em milhares de hipóteses difíceis de serem previstas devido aos protestos astuciosos e cheios de subterfúgios da parte adversária; mas, uma vez que Kohlhaas lhe lembrasse de que para tanto tinha seu advogado muito bem instruído acerca da causa, e com humilde impertinência insistisse em seu pedido, prometendo limitar a ausência a oito dias, o grão-chanceler disse, depois de uma breve pausa, já se despedindo dele: que esperava que ele providenciasse os salvo-condutos necessários para tanto junto ao príncipe Christiern von Meissen.

Kohlhaas, que já aprendera a interpretar muito bem o rosto do grão-chanceler, sentou-se no mesmo instante, mais firme em sua decisão, e escreveu solicitando, sem mencionar qualquer motivo, que o príncipe von Meissen, na condição de chefe do governo, lhe concedesse os salvo-condutos para uma viagem de ida e volta a Kohlhaasenbrück, com a validade de oito dias. Em resposta ao escrito, recebeu uma resolução governamental assinada pelo intendente do palácio, barão Siegfried von Wenk, na qual se dizia: que sua solicitação pelos salvo-condutos a Kohlhaasenbrücke seria encaminhada a sua alteza o príncipe eleitor para que este concedesse seu soberano acordo e, assim que voltasse, ser-lhe-ia encaminhada imediatamente. Quando Kohlhaas foi pedir informações a seu advogado, tentando descobrir por que a resolução governamental fora assinada por um certo barão Siegfried von Wenk e não pelo príncipe Christiern von Meissen, ao qual havia se dirigido, recebeu como resposta: que o príncipe viajara por três dias a suas propriedades, e durante sua ausência os negócios governamentais haviam ficado a cargo do intendente do palácio, o barão Siegfried von Wenk, um primo do homem de mesmo sobrenome mencionado anteriormente.

Kohlhaas, cujo coração começou a bater inquieto devido a todas essas circunstâncias, esperou por vários dias pela decisão acerca de seu pedido, estranhamente encaminhado antes à pessoa do soberano; mas uma semana se passou, e passou inclusive ainda mais tempo, sem que a decisão chegasse, e menos ainda o reconhecimento da justiça de sua causa, embora tivessem lhe anunciado categoricamente que o tribunal já deliberara a respeito; de modo que, no décimo segundo dia de espera, firme em sua decisão, sentou-se mais uma vez a fim de investigar por escrito a posição do governo, fosse qual fosse, em relação a ele, solicitando com urgência mais uma vez que lhe fossem concedidos em caráter de urgência os salvo-condutos solicitados anteriormente. Mas como ele se mostrou combalido quando ao anoitecer do dia seguinte, que mais uma vez se passou sem a resposta esperada, foi até a janela de seu quartinho de fundos pensando sem parar em sua situação e sobretudo na anistia que lhe havia sido conseguida pelo doutor Lutero, e, olhando para fora, não vislumbrou na pequena construção anexa localizada no pátio a guarda que o príncipe von Meissen lhe concedera ao chegar. Thomas, o velho caseiro, ao qual chamou e perguntou o que aquilo significava, respondeu-lhe, suspirando: senhor!, nem tudo é como deve ser; os lansquenês, que hoje estão em maior número do que habitualmente, assumiram posição em torno da casa inteira ao cair da noite; dois estão parados, com escudo e lança, na porta dianteira que dá para a rua; dois na traseira, do jardim; e mais outros dois estão deitados na antessala em um feixe de palha e dizem que dormirão ali mesmo. Kohlhaas, que perdeu a cor instantaneamente, voltou-se e replicou: que pouco importava, contanto que apenas estivessem ali; e ele aliás pretendia providenciar uma luz para os lansquenês assim que chegasse ao corredor, a fim de que eles pudessem ver melhor. Depois de ter aberto ainda uma das janelas da parte frontal com a desculpa de esvaziar uma bacia e assim se convencer da verdade das circunstâncias que o velho havia lhe revelado, constatando inclusive que naquele justo instante ocorria uma troca absolutamente silenciosa da guarda, medida na qual até então, e desde que a mesma fora instituída, ninguém havia pensado; e assim foi se deitar, porém sem a menor vontade de dormir, e sua decisão para o dia seguinte foi tomada imediatamente. Pois nada lhe desagradava mais no governo com o qual era obrigado a lidar do que a aparência de justiça que este fazia questão de demonstrar, quando na verdade violava a anistia que lhe havia concedido; e, caso ele realmente fosse um prisioneiro, conforme já não havia mais dúvidas, queria também obrigar o mesmo governo à declaração franca e peremptória de que era de fato assim. Com esse propósito, assim que a manhã do dia seguinte irrompeu, mandou que Sternbald, seu servo, atrelasse o carro e o trouxesse até a porta da casa a fim de, conforme alegou, ir até o administrador em Lockewitz, que, na condição de velho conhecido, alguns dias antes falara com ele em Dresden e o convidara a visitá-lo algum dia com seus filhos. Os lansquenês, que vigiaram cochichando os movimentos na casa ocasionados pelos preparativos, mandaram um de seu grupo secretamente à cidade, ao que em pouco minutos apareceu um oficial do governo à testa de vários esbirros e se estabeleceu na casa frontal como se tivesse algum negócio a encaminhar por ali. Kohlhaas, que estava ocupado em vestir seus garotos e também percebeu aqueles movimentos, deixando intencionalmente o carro esperando por mais tempo do que seria necessário à porta, saiu de casa com seus filhos assim que os preparativos da polícia haviam sido concluídos sem dar a mínima atenção ao fato; e, enquanto dizia à tropa de lansquenês que se encontrava sob a porta, ao passar, que não seria necessário que eles o seguissem, botou os garotos no coche e beijou e consolou as meninas que choravam e, de acordo com suas ordens, deveriam ficar com a filha do velho caseiro. Mal ele mesmo embarcara no coche, e o oficial do governo com seu séquito de esbirros saiu da casa em frente e se aproximou dele, perguntando: para onde ele pretendia ir? À resposta de Kohlhaas: de que ele queria ir até a casa de seu amigo, o bailio, em Lockewitz, que há alguns dias o convidara para uma visita ao campo com seus dois garotos, o oficial do governo respondeu: que nesse caso ele deveria esperar por alguns instantes para que alguns lansquenês a cavalo, seguindo as ordens do príncipe von Meissen, o acompanhassem. Sem descer, Kohlhaas perguntou, sorrindo do coche: se ele acreditava que sua pessoa não estaria segura na casa de um amigo que se oferecera para cuidar dele por um dia, servindo-o em sua mesa? O oficial replicou de modo alegre e agradável: que o perigo por certo não era grande; e em seguida acrescentou: que os soldados de modo algum deveriam significar um peso para ele. Kohlhaas disse, sério: que o príncipe von Meissen, quando ele chegara a Dresden, lhe permitira a liberdade de fazer ou não uso da guarda; e, uma vez que o oficial se mostrasse surpreso com essa circunstância, e com referências cautelosas invocasse o comportamento que haviam tido durante o tempo todo em que se mostraram presentes, o comerciante de cavalos lhe revelou o incidente que havia ocasionado o estabelecimento da guarda em sua casa. O oficial lhe garantiu que as ordens do intendente do castelo, barão von Wenk, que naquele momento era o chefe da polícia, transformavam a proteção instituída para sua pessoa em obrigação dele; e lhe pediu que, caso não estivesse de acordo com o séquito, fosse ele mesmo ao palácio do governo a fim de corrigir o engano que deveria haver naquilo. Kohlhaas, lançando um olhar que tudo dizia ao oficial, limitou-se a falar, decidido a reverter as coisas ou pô-las a perder de uma vez por todas: que queria, sim, fazer isso; desembarcou do coche com o coração batendo descompassado, mandou o caseiro levar os filhos para dentro de casa, e se dispôs a ir com o oficial e sua guarda até o palácio do governo, enquanto o servo esperava por ele ali mesmo com o coche atrelado.

Aconteceu que o intendente do castelo, o barão von Wenk, estava justamente averiguando a situação de um bando de servos de Nagelschmidt capturados na região de Leipzig e trazidos a Dresden na noite anterior, enquanto os tipos eram questionados pelos cavaleiros que se encontravam com ele acerca de algumas coisas que teriam gostado de saber a respeito dos mesmos, quando o comerciante de cavalos entrou com seus acompanhantes até a sala onde o barão estava. O barão, assim que vislumbrou o comerciante de cavalos, foi ao encontro dele, enquanto os cavaleiros se calavam de repente e cessavam o interrogatório dos servos, e lhe perguntou: o que ele queria? E, uma vez que o tratante de cavalos lhe apresentasse de modo reverente seu propósito de almoçar com o administrador, em Lockewitz, expressando ainda o desejo de deixar por ali os lansquenês dos quais não necessitaria, o barão respondeu, mudando a cor do rosto e parecendo engolir o discurso que pretendia fazer: que ele faria bem em se manter quietinho em sua casa, cancelando imediatamente o banquete com o bailio de Lockewitz. E, enquanto isso, se voltou, cortando a conversa, ao oficial, e lhe disse: que a ordem que havia lhe dado acerca daquele homem tinha seus motivos, e que ele não permitisse que o mesmo deixasse a cidade a não ser acompanhado por seis lansquenês a cavalo.

Kohlhaas perguntou: se ele de fato era um prisioneiro e se devia acreditar que a anistia que lhe havia sido outorgada solenemente aos olhos do mundo inteiro por acaso fora violada? Ao que o barão se voltou para ele, com o rosto repentinamente vermelho como brasa, e, aproximando-se dele e olhando-o nos olhos, respondeu: sim! sim! sim!, e em seguida lhe deu as costas, deixando-o parado onde estava, e foi outra vez até os servos de Nagelschmidt. A isso Kohlhaas deixou a sala e, talvez vendo que havia dificultado muito sua única possibilidade de salvação, a fuga, com os passos que dera, logo elogiou seu procedimento, até porque assim também se via livre, de sua parte, de respeitar os artigos estipulados na anistia. Mandou desatrelar os cavalos ao chegar em casa e entrou, acompanhado do oficial do governo, em seu quarto, muito triste e abalado; e, enquanto aquele homem garantia, de um modo que causou nojo ao comerciante de cavalos, que tudo devia ter sido ocasionado por um mal-entendido que em pouco se resolveria, os esbirros trancavam, a um aceno seu, todas as saídas da casa que levavam ao pátio; e o oficial ainda por cima lhe garantia em seguida que a entrada principal, na parte da frente, continuava aberta para que a usasse livremente.

Entrementes Nagelschmidt havia sido cercado de tal modo por esbirros e lansquenês nas florestas das montanhas do Erz que, faltando-lhe completamente os recursos para levar a cabo um papel semelhante ao que assumira, teve a ideia de associar Kohlhaas de fato a seus interesses; e, uma vez que estava informado com bastante exatidão por um viajante que por ali passava acerca do estado de seu processo em Dresden, acreditou poder convencer o comerciante de cavalos, apesar da hostilidade aberta que existia entre ambos, a se associar novamente a ele. E assim enviou um servo com uma mensagem que dizia, em um alemão que mal podia ser lido: se Kohlhaas viesse à região de Altenburg e quisesse voltar a assumir a chefia do bando que ali se formara a partir de restos do bando dissolvido, ele, Nagelschmidt, estaria disposto a lhe providenciar cavalos, pessoal e dinheiro para fugir de sua prisão em Dresden; ao mesmo tempo prometeu que no futuro seria mais obediente, cuidadoso e inclusive melhor homem do que era antes, e, em prova de sua fidelidade e amabilidade e afeição, garantiu que ele mesmo se dirigiria à região de Dresden para conseguir sua libertação do cárcere.

Eis que então o rapaz encarregado de levar a carta teve o azar de tombar, em um povoado próximo de Dresden, vítima de cãibras terríveis que já o acometiam desde a mais tenra juventude; e nessa ocasião a carta, que ele trazia em um bolso junto ao peito, foi encontrada por pessoas que se aproximaram para ajudá-lo, e ele mesmo, assim que se restabeleceu, foi detido e transportado ao palácio do governo por uma guarda acompanhada de muitas pessoas do povo. Assim que o intendente do castelo, barão von Wenk, leu aquela carta, dirigiu-se às pressas ao castelo do príncipe eleitor, onde encontrou presentes os senhores Beltrano e Fulano, pois o primeiro já havia se recuperado de seus ferimentos, e o presidente da chancelaria do Estado, conde Kallheim. Aqueles homens acharam que Kohlhaas deveria ser preso imediatamente e processado em razão de contatos e combinações secretas com Nagelschmidt; e acabaram por demonstrar que uma carta assim não poderia ter sido escrita sem que houvesse outras da parte do comerciante de cavalos antes disso, e inclusive sem que houvesse uma união criminosa e assassina entre eles, disposta a planejar novos horrores. O príncipe eleitor se recusou firmemente a violar, apenas por causa da carta, o salvo-conduto que outorgara a Kohlhaas; achava, muito antes, que era possível constatar, inclusive, uma espécie de probabilidade a partir da carta de Nagelschmidt segundo a qual não existira vínculo anterior entre os dois; e tudo o que decidiu, para assim deixar as coisas em pratos limpos e seguindo o conselho do presidente, ainda que depois de hesitar bastante, foi mandar que a carta fosse entregue a Kohlhaas pelo servo enviado por Nagelschmidt exatamente como se o mesmo estivesse livre como antes, a fim de examinar se ela seria ou não respondida. E assim o servo, que havia sido jogado a um calabouço, foi conduzido na manhã seguinte ao palácio do governo, onde o intendente voltou a lhe entregar a carta e, depois de lhe prometer que estava livre e que a punição que merecera não seria aplicada, exigiu que entregasse a carta ao comerciante de cavalos como se nada houvesse acontecido; astúcia de poucas artes à qual aquele tipo acabou por se submeter sem mais, e de um modo aparentemente cheio de mistérios, com o pretexto de vender caranguejos que o oficial do governo o encarregara de buscar no mercado, adentrou o quarto de Kohlhaas.

Kohlhaas, que leu a carta enquanto as crianças brincavam com os caranguejos, certamente teria agarrado o patife pelo colarinho se as circunstâncias fossem outras, entregando-o aos lansquenês postados diante de sua porta; mas uma vez que, sendo o estado de ânimo como era, também esse passo poderia ser interpretado dubiamente, e ele havia se convencido de uma vez por todas que nada no mundo poderia salvá-lo do negócio no qual estava enrolado, olhou para o tipo com olhos tristes, reconhecendo o rosto que conhecia muito bem, e lhe perguntou onde ele morava, dizendo que voltasse em algumas horas, quando lhe revelaria sua decisão no que dizia respeito à demanda de seu senhor. Instruiu Sternbald, que apareceu por acaso à porta, a comprar alguns caranguejos do homem que se encontrava em seu quarto; e, depois de a negociação ter sido concluída, e ambos se afastarem sem conhecer um ao outro, ele se sentou e escreveu a Nagelschmidt uma carta cujo conteúdo dizia: primeiro, que aceitava sua sugestão no que respeitava a assumir o alto-comando de seu bando na região de Altenburg; que para tanto e para se livrar da prisão em que se encontrava e na qual era mantido com seus cinco filhos, seria necessário que lhe mandasse a Neustadt, junto a Dresden, um coche com dois cavalos; que ele também, para conseguir fugir com mais agilidade, necessitava de mais uma parelha de cavalos na estrada que levava a Wittenberg, por onde passaria, devido a questões que seria moroso demais detalhar, antes de poder ir até ele; que, embora achasse que poderia convencer os lansquenês que o vigiavam com um suborno, para o caso de a violência se fazer necessária, queria saber prontos alguns servos corajosos, sensatos e bem-armados também em Neustadt, junto a Dresden; que ele, para compensar todos os gastos tidos com essas atividades, inclusive enviaria um saquinho com vinte coroas de ouro pelo servo, cuja aplicação ambos discutiriam depois de concretizado o plano; que ele proibia que Nagelschmidt se apresentasse pessoalmente, até porque isso era desnecessário, em sua libertação em Dresden, mas antes lhe dava a ordem de continuar em Altenburg chefiando o bando, que não deveria ficar sem comando.

Quando o servo chegou, ao anoitecer, entregou-lhe essa carta; presenteou-o fartamente, reforçando que cuidasse bem dela.

Sua intenção era ir com seus cinco filhos a Hamburgo, e de lá partir de navio ao Levante ou às Índias Orientais, ou então para tão longe até que o céu azul continuasse se mostrando apenas sobre pessoas que não fossem aquelas que ele conhecia: pois sua alma já assaz massacrada, mesmo independentemente do asco que lhe causava a ideia de voltar a defender uma causa comum junto com Nagelschmidt, desistira definitivamente da engorda dos morzelos.

Mal o tipo havia entregue essa resposta ao intendente do castelo, e já o grão-chanceler foi demitido e o presidente, conde Kallheim, nomeado em seu lugar como chefe do tribunal; Kohlhaas, por sua vez, detido por uma ordem do gabinete do príncipe eleitor, foi levado para as torres da cidade, coberto de pesadas correntes. Processaram-no em razão da carta, que foi afixada em todos os cantos da cidade; e, uma vez que ante o tribunal respondesse sim à pergunta do conselho sobre se reconhecia a letra, mas dissesse um não de olhos baixos como resposta à pergunta sobre se tinha algo a pronunciar em sua defesa, acabou condenado à tortura por carrascos munidos de tenazes em brasa, seguida de esquartejamento, e seu corpo queimado entre a roda e o patíbulo.

Assim estavam as coisas para o pobre Kohlhaas em Dresden quando o príncipe eleitor de Brandemburgo resolveu intervir para salvá-lo das mãos da prepotência e da arbitrariedade, e o reclamou como súdito brandemburguês em uma nota encaminhada ali mesmo à chancelaria do eleitorado. O destemido corregedor da cidade, senhor Heinrich von Geusau, havia lhe passado informações, em um passeio às margens do Spree, acerca da história daquele homem peculiar e de modo algum condenável; e nessa oportunidade, premido pelas perguntas do surpreso soberano, o corregedor não pôde fugir à menção da culpa que recaía sobre sua própria pessoa devido aos abusos cometidos por seu arquichanceler, o conde Siegfried von Kallheim; ao que o príncipe eleitor, assaz indignado, demitiu sem mais o arquichanceler, não poupando manifestações de inclemência, depois de interrogá-lo e descobrir que a culpa de tudo residia no parentesco do mesmo com a casa dos von Tronka, nomeando em seu lugar, como novo arquichanceler, o senhor Heinrich von Geusau.

Mas então aconteceu que a coroa da Polônia, que justamente na época se encontrava em disputa com a casa da Saxônia, sem que saibamos exatamente por que motivo, propôs ao príncipe eleitor de Brandemburgo, em repetidas e insistentes tentativas, se unir a ela em uma causa comum contra a casa da Saxônia; de tal modo que o arquichanceler, senhor Geusau que não era desprovido de habilidade em assuntos desse jaez podia bem se mostrar esperançoso de conseguir, seguindo o desejo de seu soberano, justiça para Kohlhaas, custasse o custasse, sem com isso submeter a tranquilidade geral a um risco maior do que normalmente seria permitido para que a consideração com um de seus indivíduos fosse respeitada. Assim, o arquichanceler não apenas exigiu, devido ao processo completamente arbitrário, que desagradava a Deus e aos homens, a extradição incondicional e imediata de Kohlhaas, a fim de executar o mesmo, caso alguma culpa recaísse sobre ele, conforme leis brandemburguesas, sob o artigo acusatório que a corte de Dresden poderia apresentar em Berlim através de um de seus advogados, como também providenciou pessoalmente os documentos de passagem para um advogado que o príncipe eleitor estava disposto a enviar a Dresden a fim de alcançar justiça a Kohlhaas pelos morzelos que lhe haviam sido tomados em solo saxão e por outros abusos e violências gritantes que haviam sido cometidos contra ele na causa levantada contra o fidalgo Wenzel von Tronka.

O camareiro, senhor Beltrano, que em virtude das mudanças ocorridas nos cargos governamentais na Saxônia havia sido nomeado presidente da chancelaria, e que por vários motivos, nos apuros em que se encontrava, não queria magoar a corte de Berlim, respondeu em nome de seu soberano assaz combalido com a nota recebida: que a admiração era grande com a hostilidade e a falta de cortesia com que se proclamava injusta a corte de Dresden por ter condenado aquele Kohlhaas, de acordo com a lei e devido aos crimes que cometera no território, já que era sabido de todos que o mesmo possuía uma propriedade considerável na capital saxã, e inclusive não negava ele próprio sua qualidade de cidadão saxão. Mas, uma vez que a coroa polonesa, a fim de garantir seus direitos, já enviara um exército de cinco mil homens à fronteira da Saxônia, e o arquichanceler, senhor Heinrich von Geusau, explicasse: que Kohlhaasenbrück, o lugar que dera o nome ao comerciante de cavalos, ficava em território brandemburguês, e que se consideraria a execução da pena de morte à qual este fora condenado como uma violação ao direito internacional dos povos, o príncipe eleitor, seguindo o próprio conselho do camareiro, senhor Beltrano, que desejava se ver livre daquele negócio, chamou o príncipe Christiern von Meissen, solicitando que retornasse de suas propriedades, e decidindo, após algumas poucas palavras daquele homem versado, entregar Kohlhaas à corte berlinense conforme havia sido exigido. O príncipe, ainda que pouco satisfeito com as irregularidades ocorridas e assumindo a condução da causa de Kohlhaas apenas para atender aos desejos de seu soberano em apuros, perguntou-lhe por que motivo ele agora queria ver o comerciante de cavalos sendo acusado no tribunal da câmara de Berlim; e, uma vez que não se podia invocar a carta infeliz que o mesmo escrevera a Nagelschmidt, devido às circunstâncias dúbias e pouco claras sob as quais esta fora escrita, nem tampouco mencionar as pilhagens e incêndios cometidos anteriormente, já que haviam sido perdoados em um cartaz público conhecido de todos, o príncipe eleitor decidiu apresentar à majestade do imperador, em Viena, um relatório acerca do ataque armado de Kohlhaas à Saxônia, queixando-se da quebra da paz pública imposta por ele, invocando que o imperador, que não estava vinculado a qualquer promessa de anistia, mandasse um advogado pátrio a fim de acusar Kohlhaas ante o tribunal da corte em Berlim. Oito dias depois o negociante de cavalos foi posto, acorrentado como estava, em um coche, pelo barão Friedrich von Malzahn, que o príncipe eleitor de Brandemburgo havia mandado a Dresden acompanhado de seis cavaleiros, e levado a Berlim junto com seus cinco filhos, que a seu pedido haviam sido buscados outra vez de casas de enjeitados e órfãos onde se encontravam.

Quis o acaso que o príncipe eleitor da Saxônia, atendendo ao convite disposto a distraí-lo feito pelo oficial jurisdicional, o conde Aloysius von Kallheim, que na época era dono de consideráveis propriedades na fronteira da Saxônia, encontrava-se em viagem a Dahme para uma grande excursão de caça a cervos, acompanhado do camareiro, senhor Beltrano, e de sua esposa, a dama Heloise, filha do oficial jurisdicional e irmã do presidente, sem contar outros senhores e damas brilhantes, fidalgos dados à caça e homens da corte; à sombra de tendas bem-armadas, que haviam sido erguidas sobre uma colina às margens da estrada, a comitiva, ainda coberta pelo pó da caça, encontrava-se à mesa ao som de uma música alegre que vinha do tronco de um carvalho, servida por pajens e criados da corte, quando o comerciante de cavalos veio vindo vagarosamente pela estrada de Dresden, escoltado pela guarda de cavaleiros. Pois a doença de um dos pequenos e ainda frágeis filhos de Kohlhaas obrigara o barão von Malzahn, que o acompanhava, a ficar por três dias em Herzberg; medida sobre a qual, julgando que devia satisfações apenas ao príncipe ao qual servia, não informou o governo de Dresden. O príncipe eleitor, que se encontrava sentado, de peito semiaberto e com o chapéu de pena adornado com ramos de pinheiro conforme faziam os caçadores, ao lado da dama Heloise que nos tempos da mais precoce juventude fora seu primeiro grande amor, disse, alegre com a graça das festividades que reinavam em torno dele: vamos até o infeliz, seja quem for, para lhe oferecer essa caneca de vinho! A dama Heloise, com os olhos cheios de afeto voltados para ele, levantou-se imediatamente e encheu de frutas, bolos e pães, pilhando a mesa inteira, a bacia de prata que um pajem lhe estendia; e já a comitiva inteira deixava as tendas em enorme burburinho, com refrescos de todo o tipo, quando o oficial jurisdicional veio a seu encontro de rosto embaraçado e pediu que todos ficassem onde estavam. À pergunta acabrunhada do príncipe eleitor sobre o que havia ocorrido para que se mostrasse assim tão consternado, o oficial jurisdicional respondeu, gaguejando e voltado para o camareiro, que era Kohlhaas quem estava no coche; a essa notícia, inexplicável para todos os presentes, uma vez que era sabido do mundo inteiro que o mesmo havia partido em viagem já há seis dias, o camareiro, senhor Beltrano, limitou-se a pegar sua caneca de vinho e derramá-la na areia depois de se voltar em direção à tenda. O príncipe eleitor, enrubescendo cada vez mais, botou a sua sobre uma bandeja que um dos criados da corte postou à sua frente a um aceno do camareiro; e, enquanto o barão Friedrich von Malzahn, cumprimentando reverentemente a comitiva, que não conhecia, seguiu adiante em direção a Dahme através da formação das tendas, os senhores, a convite do oficial jurisdicional, sem dar mais atenção ao fato, voltaram para dentro das mesmas. Assim que o príncipe eleitor havia se acomodado, o oficial jurisdicional deu um jeito de providenciar secretamente que o magistrado de Dahme tivesse toda a atenção no sentido de fazer com que o comerciante de cavalos seguisse imediatamente adiante; mas, uma vez que o barão, por estar o dia já bastante avançado, declarou querer pernoitar no lugarejo, tiveram de se satisfazer em abrigá-lo sem grande estardalhaço em uma das quintas pertencentes à magistratura, à parte da cidade e escondida pela mata.

Então aconteceu que, por volta do anoitecer, uma vez que os senhores da comitiva se encontrassem bastante distraídos por causa do vinho e dos prazeres de uma opulenta sobremesa, acabando por se esquecer do caso, o oficial jurisdicional teve a ideia de voltar à caçada, já que havia visto ao longe uma manada de cervos; a comitiva inteira acatou a sugestão com alegria, e logo depois todos dispararam, dois a dois e armados de espingardas, para a floresta próxima, saltando sobre valas e sebes; e assim acabou acontecendo que o príncipe eleitor e a dama Heloise, que havia se pendurado a seu braço a fim de participar do espetáculo, foram conduzidos, para sua surpresa, por um batedor colocado à sua disposição, exatamente através do pátio da casa na qual haviam sido alojados Kohlhaas e os cavaleiros brandemburgueses. A dama, ao tomar conhecimento disso, falou: vinde, honorável senhor, vinde! E escondeu a corrente de ouro que pendia do pescoço dele, gracejando, em seu peitilho de seda. E disse ainda: vamos nos esgueirar, antes que a tropa nos alcance, para dentro da quinta e contemplar o homem singular que está pernoitando ali! O príncipe eleitor, agarrando enrubescido a mão dela, disse: Heloise! Mas que ideia é essa? Esta, porém, olhando constrangida para ele, replicou: que homem nenhum o reconheceria nos trajes de caça que o encobriam! E logo o puxou adiante; e foi justamente nesse momento que dois fidalgos caçadores, que já haviam satisfeito sua curiosidade, saíram de dentro da casa, garantindo que de fato, devido a uma providência tomada pelo oficial jurisdicional, nem o barão nem o comerciante de cavalos sabiam quem era a comitiva que havia se juntado na região de Dahme; de modo que o príncipe eleitor apertou, sorrindo, o chapéu sobre os olhos, e disse: tolice, és tu quem reges o mundo, e tua morada é uma bela boca de mulher!

Foi no exato momento em que Kohlhaas estava sentado em um feixe de palha, de costas voltadas para a parede, e dava pão com leite de comer a seu filho adoecido em Herzberg, que os senhores entraram na quinta para lhe fazer sua visita; e uma vez que a dama, para entabular conversação, lhe perguntasse: quem ele era, e o que estava faltando à criança, bem como o que ele havia feito e para onde o levavam escoltado daquele jeito, ele tirou seu boné de couro diante dela e lhe deu resposta insuficiente, mas satisfatória a todas essas perguntas, sem deixar de continuar a fazer o que estava fazendo. O príncipe eleitor, que se encontrava em pé atrás dos fidalgos caçadores, e percebeu uma pequena cápsula de chumbo que pendia de um fio de seda a seu pescoço, perguntou-lhe, uma vez que nada melhor se oferecia para continuar o assunto: o que ela significava e o que havia dentro dela? Kohlhaas replicou: pois é, severo senhor, esta cápsula! E com isso a tirou do pescoço, abriu-a e tirou de dentro dela um bilhete selado e lacrado, acrescentando: esta esfera tem uma importância bem particular! Devem ter se passado mais ou menos sete luas desde que minha mulher foi enterrada; e de Kohlhaasenbrück, como talvez seja conhecido de vós, parti então para pegar o fidalgo von Tronka, que havia cometido muitas injustiças contra mim, quando, em razão de um processo que me era desconhecido, o príncipe eleitor da Saxônia e o príncipe eleitor de Brandemburgo marcaram um encontro em Jüterbock, uma região da Marca pela qual também a minha expedição passava; e, uma vez que ao anoitecer eles haviam entrado em acordo conforme era seu desejo, seguiram, em conversa amistosa, pelas ruas da cidade, a fim de dar uma olhada no mercado anual, que se encontrava em festa. Ali encontraram uma cigana que, sentada a uma banqueta, lia o futuro para o povo à sua volta, usando para tanto um calendário, e lhe perguntaram em tom de brincadeira: se ela não queria revelar também a eles algo que lhes fosse benfazejo. Eu, que acabava de me hospedar em uma estalagem com meu bando, e me encontrava presente na praça em que se passou esse incidente, não pude perceber, por trás do povo todo, na entrada da igreja onde eu estava, o que a estranha mulher disse aos senhores; uma vez que as pessoas que se encontravam em torno sussurrassem umas às outras a rir, dizendo que ela não revelava sua ciência a qualquer um, e se acotovelassem devido ao espetáculo prestes a suceder, eu, menos por curiosidade do que para dar lugar aos que se mostravam realmente curiosos, subi a um banco que havia sido cinzelado à entrada da igreja. Mal vislumbrei, do ponto em que estava, com a vista completamente livre à minha frente, aqueles senhores e a mulher, que se encontrava sentada diante deles em sua banqueta e parecia rabiscar alguma coisa, e então eis que ela se levanta de repente, apoiada em suas muletas, e olha em torno para o povo; e em seguida olha para mim, que jamais trocara uma palavra com ela, nem desejara recorrer em minha vida inteira à sua ciência, abre passagem em meio à multidão apinhada, chega até mim e diz: aqui! Se aquele senhor quiser de fato saber de algo, que pergunte a ti a respeito! E com isso, severo senhor, ela me estendeu com seus dedos ossudos e esburgados esse bilhete. E, uma vez que eu, compungido, enquanto o povo inteiro se voltava para mim, dissesse: mãezinha, mas o que é que me confias aí, ela respondeu, depois de várias coisas incompreensíveis, entre as quais no entanto ouvi com grande estranheza o meu nome: um amuleto, Kohlhaas, comerciante de cavalos; guarde-o bem, ele um dia irá salvar tua vida! E em seguida a mulher desaparece. Pois bem, prossegue dizendo Kohlhaas com bondade: para dizer a verdade, a passagem por Dresden, por mais dura que tenha sido, não me custou a vida; e como as coisas serão em Berlim, e se também conseguirei sobreviver por lá, o futuro haverá de ensinar.

A essas palavras o príncipe eleitor sentou-se em um banco; e, ainda que respondesse à pergunta consternada da dama sobre o que lhe faltava, dizendo: nada, absolutamente nada, logo em seguida caiu desmaiado ao chão, antes mesmo que esta tivesse tempo de ir em seu socorro, e acolhê-lo em seus braços. O barão von Malzahn, que justamente naquele instante entrava no quarto por alguma coisa, disse: meu Deus do céu! O que está havendo com o senhor? A dama exclamou: tragam água! Os fidalgos caçadores o levantaram do chão e o carregaram até uma cama, no quarto contíguo; e a consternação alcançou seu ápice quando o camareiro, chamado por um pajem, explicou, depois de várias tentativas vãs de trazê-lo de volta à vida: ele dava todos os sinais de que fora vítima de um ataque! O oficial jurisdicional, enquanto o copeiro mandava um mensageiro a cavalo até Luckau, a fim de buscar um médico, fez com que o levassem a um coche, uma vez que abriu os olhos, e o transportassem, pé ante pé, até seu castelo de caça localizado nas proximidades; mas durante a viagem o príncipe eleitor teve ainda dois desmaios, antes de chegar ao castelo: de tal modo que apenas bem tarde na manhã seguinte, à chegada do médico de Luckau, restabeleceu-se um pouco, mostrando todavia os sintomas claros de uma febre nervosa que se aproximava. Assim que voltou a ser dono de sua voz, ele soergueu-se na cama, e sua primeira pergunta foi logo: onde estava Kohlhaas? O camareiro, que entendeu mal sua pergunta, disse, pegando sua mão: que ele se tranquilizasse no que dizia respeito àquele homem terrível, garantindo que o mesmo, respeitando sua determinação, ficara na quinta de Dahme, escoltado pelos brandemburgueses, depois daquele incidente estranho e incompreensível. O camareiro ainda perguntou ao soberano, assegurando seu mais vivo pesar e garantindo ter feito as mais amargas censuras à sua mulher pela leviandade irresponsável de tê-lo posto em contato com aquele homem: o que fora que o tocara de modo tão estranho e monstruoso na conversa com o mesmo? O príncipe eleitor disse: que precisava lhe confessar que a culpa por todo o incidente desagradável ocorrido com ele residia no fato de ter visto um bilhete insignificante que o homem trazia consigo em uma cápsula de chumbo. Em seguida ainda acrescentou mais algumas coisas, que o camareiro não entendeu, para esclarecer as circunstâncias; garantiu-lhe de repente, enquanto apertava as mãos dele entre as suas, que a posse daquele bilhete era para ele de uma importância extrema; e lhe pediu que montasse imediatamente e cavalgasse a Dahme, a fim de conseguir para ele o bilhete, pagando para tanto o preço que fosse necessário. O camareiro, que teve dificuldades para esconder sua confusão, lhe garantiu: que, caso aquele bilhete tivesse algum valor para ele, nada no mundo seria mais necessário do que esconder esse fato de Kohlhaas; porque, assim que este tivesse conhecimento disso por alguma declaração pouco cautelosa, todas as riquezas que ele possuía não bastariam para comprá-lo às mãos daquele tipo furibundo, insaciável em sua sede de vingança. E ainda acrescentou, para tranquilizá-lo, que seria necessário pensar em outro meio, e que talvez usando a astúcia, e engajando um terceiro completamente desinteressado no assunto, ao qual o malfeitor provavelmente não desse muita atenção, talvez fosse possível lograr a posse do bilhete ao qual o soberano dava tanta importância. O príncipe eleitor, secando o suor da testa, perguntou: se nesse sentido não era melhor mandar logo alguém a Dahme, a fim de impedir provisoriamente o translado do comerciante de cavalos, até que pudessem se apossar do bilhete, fosse de qual fosse o jeito. O camareiro, que não acreditava no que estava ouvindo, replicou: que lamentavelmente, segundo todas as probabilidades, o comerciante de cavalos já devia ter deixado Dahme, e a essa hora possivelmente se encontrasse além da fronteira, em solo brandemburguês, onde a empresa de bloquear o translado do mesmo ou então de fazer com que voltasse ocasionaria dificuldades das mais desagradáveis e complicadas, que talvez até nem sequer pudessem ser solucionadas. Ele lhe perguntou, uma vez que o príncipe eleitor se deitava ao travesseiro em silêncio, esboçando o gesto de uma desesperança absoluta: o que então continha o bilhete? E por que acaso de espécie estranha e inexplicável era sabido que seu conteúdo dizia respeito ao soberano? O príncipe eleitor, lançando olhares dúbios ao camareiro, de cuja complacência desconfiava nesse caso, não respondeu a essas perguntas; permanecia deitado ali, rígido, o coração batendo descompassado e olhando para a ponta do lenço que segurava pensativo entre as mãos; e, de repente, pediu-lhe que chamasse ao quarto o fidalgo caçador von Stein, um homem jovem, robusto e habilidoso, que já utilizara várias vezes em negócios secretos, pretextando que tinha outra questão a discutir com ele. E o soberano, depois de ter explicado tudo ao fidalgo caçador e lhe informado acerca da importância do bilhete nas mãos de Kohlhaas, perguntou se ele não queria alcançar um direito eterno a sua amizade, conseguindo-lhe o bilhete antes que o comerciante de cavalos alcançasse Berlim? O fidalgo, assim que compreendeu um pouco melhor as circunstâncias, estranhas como eram, logo garantiu que estava a seus serviços com todas as suas forças; e assim o príncipe eleitor o encarregou de cavalgar atrás de Kohlhaas, oferecendo-lhe, já que ele provavelmente não seria convencido pelo dinheiro, em uma conversa conduzida com sabedoria, vida e liberdade, e inclusive, caso insistisse nisso, ajudando-o com cavalos, homens e dinheiro, ainda que com toda a cautela, a fugir das mãos dos cavaleiros brandemburgueses que o transportavam. O fidalgo caçador, depois de conseguir um papel com a autenticação, assinado de próprio punho pelo príncipe eleitor, partiu imediatamente com alguns servos, e, uma vez que não poupou o fôlego dos cavalos, teve a sorte de alcançar Kohlhaas em um povoado da fronteira, onde o mesmo tomava com o barão von Malzahn e seus cinco filhos o almoço organizado ao ar livre diante da porta de uma casa. O barão von Malzahn, ao qual o fidalgo se apresentou como sendo um estranho que, passando por ali de viagem, desejava ver o homem singular que ele conduzia consigo, logo o obrigou, de modo assaz distinto e apresentando-o a Kohlhaas, a sentar-se com eles à mesa; e, uma vez que o barão andasse de cima a baixo nos preparativos da partida, e os cavaleiros tomassem a refeição em uma mesa localizada do outro lado da casa, logo se ofereceu uma oportunidade em que o fidalgo pôde revelar ao comerciante de cavalos quem era e explicar a que encargos especiais atendia ao vir ao encontro dele. O comerciante de cavalos, que já conhecia o nome e a hierarquia daquele que, ao ver a cápsula da qual se falava, havia desmaiado na quinta de Dahme, e que, para coroar a vertigem em que essa revelação o deixara, não precisava de nada mais a não ser saber dos segredos que o bilhete guardava, estava decidido, por motivos diversos, a não revelá-los por mera curiosidade; o comerciante de cavalos terminou por dizer, lembrando o tratamento pouco nobre e pouco principesco que fora obrigado a aguentar em Dresden, apesar de sua completa prontidão em fazer todos os sacrifícios necessários: que pretendia ficar com o bilhete. À pergunta do fidalgo caçador: sobre o que o levava a essa estranha recusa, já que não se oferecia a ele menos do que a liberdade e a vida por isso, Kohlhaas respondeu: nobre senhor! Se vosso soberano viesse até vós e dissesse, eu quero fazer-me aniquilar junto com a comitiva inteira daqueles que me ajudam a conduzir o cetro, eu disse aniquilar, compreendeis, eu, apesar de este ser o maior desejo alimentado por minha alma, lhe negaria o bilhete, que lhe é mais caro do que a vida, e diria: podes até me levar ao cadafalso, eu, no entanto, posso te causar dano e quero fazê-lo! E com isso, a morte no semblante, chamou um dos cavaleiros da escolta e exigiu que pegasse para si um bom naco da comida que havia restado na bacia; e, por toda a hora restante que passou naquele lugar, ignorou completamente o fidalgo sentado à mesa como se este ali não estivesse, voltando-se a ele de novo com um olhar em que o cumprimentava se despedindo apenas ao já ter embarcado no coche.

O estado do príncipe eleitor ao receber essa notícia piorou de tal maneira que o médico, durante três dias fatídicos, temeu por sua vida, atacada por tantos lados ao mesmo tempo. O soberano todavia acabou por se restabelecer, pela força de sua saúde natural, depois de ficar no leito durante algumas penosas semanas; pelo menos a ponto de poder ser levado a um coche e, bem provido de almofadas e cobertores, conduzido de volta a Dresden, a seus negócios governamentais. Assim que chegou à cidade, mandou chamar o príncipe Christiern von Meissen e perguntou ao mesmo: em que pé estava a missão do conselheiro do tribunal Eibenmayer, que havia sido mandado a Viena como advogado na questão Kohlhaas, a fim de apresentar a sua majestade imperial ali mesmo a queixa devido à perturbação da paz no império. O príncipe lhe respondeu: que o mesmo, conforme as ordens que deixara antes de partir a Dahme, teria partido a Viena logo após a chegada do doutor das leis Zäuner, que o príncipe eleitor de Brandembrurgo mandara a Dresden como advogado para levar ao tribunal sua queixa contra o fidalgo Wenzel von Tronka relativa aos morzelos. O eleitor, dirigindo-se, enrubescido, a sua mesa de trabalho, admirou-se com essa pressa toda, já que, conforme julgava ter deixado claro, pretendia tomar uma decisão definitiva e mais precisa acerca da partida de Eibenmayer apenas após uma necessária consulta ao doutor Lutero, que conseguira a anistia para Kohlhaas. E nisso jogou em um monte algumas cartas e autos que jaziam sobre a mesa, expressando assim sua indignação contida. O príncipe, depois de uma pausa, na qual o fitou de olhos arregalados, replicou que lamentava muito não ter conseguido satisfazê-lo na questão; entrementes podia lhe mostrar também a decisão do conselho de Estado, a partir da qual estava obrigado a enviar o advogado no prazo referido. Acrescentou que no conselho do Estado não se fizera a menor menção acerca de uma consulta ao doutor Lutero; que antes talvez até tivesse sido apropriado considerar a opinião daquele homem da Igreja, dada sua intervenção em favor de Kohlhaas, mas não agora, depois que fora violada ante os olhos do mundo inteiro a anistia anteriormente concedida, prendendo-o e entregando-o aos tribunais brandemburgueses para que fosse condenado e executado. O eleitor disse: o engano de ter mandado Eibenmayer partir na verdade não era tão grande assim; entrementes ele desejava que o mesmo, pelo menos por enquanto e até nova ordem, não se apresentasse em Viena em sua condição de advogado acusador, e pediu ao príncipe que enviasse urgentemente um expresso até ele com as referidas instruções. O príncipe respondeu: que essa ordem lamentavelmente chegava com um dia de atraso, uma vez que Eibenmeyer, conforme uma mensagem que chegara naquele mesmo dia, já se apresentara em sua qualidade de advogado, e procedera à entrega da queixa na chancelaria de Estado de Viena. À pergunta consternada do príncipe eleitor sobre como aquilo teria sido possível em tão pouco tempo, ele acrescentou: que desde a partida daquele homem já haviam se passado três semanas, e que a instrução que ele recebera o obrigava a resolver sem perda de tempo a questão, imediatamente após a chegada a Viena. Um atraso, observou o príncipe, teria sido tanto mais desastroso nesse caso, uma vez que o advogado brandemburguês Zäuner já procedia com a mais insistente e desafiadora das pressões contra o fidalgo Wenzel von Tronka, e inclusive já solicitara junto ao tribunal a retenção provisória dos morzelos, que deviam ser arrancados às mãos do esfolador, com vistas a seu futuro restabelecimento, conseguindo impor sua vontade apesar de todas as objeções da parte contrária. O príncipe eleitor disse, tocando a campainha: que pouco importava e que isso nada significava! E, depois de se voltar ao príncipe com perguntas indiferentes como: em que pé estavam as coisas em Dresden, e o que havia acontecido durante sua ausência, cumprimentou-o, incapaz de esconder o estado em que se encontrava, com um aperto de mão, e o dispensou. Ainda no mesmo dia o instou por escrito, solicitando que lhe fossem enviados todos os autos relativos a Kohlhaas, pretextando que cuidaria ele mesmo da causa devido a sua importância política; e, uma vez que o pensamento de jogar à perdição aquele do qual poderia receber única e exclusivamente informações acerca dos mistérios do bilhete lhe era insuportável, redigiu de próprio punho uma carta ao imperador, na qual lhe pedia do modo mais cordial e urgente, por motivos assaz importantes, que talvez lhe esclarecesse com mais detalhes em breve, se não poderia reter provisoriamente, até nova decisão, a queixa contra Kohlhaas que Eibenmayer lhe entregara. O imperador, em uma nota preparada pela chancelaria do Estado, respondeu: que a mudança que de repente parecia estar acontecendo em seu peito o deixava extremamente estranhado; que o relatório enviado a ele por parte da Saxônia transformara a questão Kohlhaas em um assunto que dizia respeito a todo o Sacro Império Romano; que, de acordo com isso, ele, o imperador, na condição de soberano do mesmo império, vira-se obrigado a comparecer como acusador do processo junto à casa de Brandemburgo; tanto que o assessor da corte, Franz Müller, já fora enviado como advogado a Berlim, a fim de processar Kohlhaas ali mesmo por violação da paz pública no território; e que, portanto, a queixa de modo algum poderia ser retirada e o processo precisava seguir seu caminho conforme a lei. Essa carta acabou por abater completamente o príncipe eleitor; e, uma vez que, para sua extrema desolação, pouco depois chegassem correspondências privadas de Berlim, nas quais era anunciado o princípio do processo no tribunal de câmara, observando-se ainda que Kohlhaas, apesar de todos os esforços do advogado que lhe fora atribuído, provavelmente acabaria no cadafalso, o infeliz soberano decidiu fazer ainda uma última tentativa, e solicitou ao príncipe eleitor de Brandemburgo, em uma mensagem escrita de próprio punho, que a vida do comerciante de cavalos fosse poupada. Adiantou que a anistia que fora concedida àquele homem não concedia legitimidade à condenação do mesmo à pena de morte; garantiu-lhe que, apesar da aparente severidade com que se procedera contra ele, jamais tivera a intenção de permitir que ele morresse; e lhe descreveu como ficaria desconsolado se a proteção que haviam insinuado que o homem receberia em Berlim ao final das contas, em uma reviravolta inesperada, significaria para ele uma sorte bem pior do que se tivesse ficado em Dresden, onde poderia ver sua causa decidida de acordo com leis saxãs. O príncipe eleitor de Brandemburgo, ao qual várias coisas pareceram dúbias e pouco claras na missiva, respondeu: que a ênfase com que procedia o advogado de sua majestade imperial simplesmente não permitia qualquer desvio das severas prescrições legais para atender ao desejo que ele lhe expressava. Observou ainda que a preocupação a ele exposta era realmente excessiva, na medida em que a queixa contra os crimes de Kohlhaas, perdoados pela anistia, não era encaminhada por ele, que lhe concedera a anistia, ao tribunal de câmara de Berlim, e sim pelo soberano do império, que não estava vinculado a ela por absolutamente nada. Também lhe deixou claro como seria necessário estatuir um exemplo definitivo e dissuasivo ante as violências contínuas de Nagelschmidt, que inclusive já se espraiavam, com uma ousadia jamais vista, a território brandemburguês, e lhe pediu que, caso não quisesse considerar tudo isso, se voltasse diretamente a sua majestade, o imperador, já que única e exclusivamente da parte dele poderia ser conseguida uma sentença soberana em favor de Kohlhaas.

O príncipe eleitor acabou por adoecer novamente de tanto amargor e aborrecimento com suas tentativas malogradas; e, uma vez que o camareiro viesse visitá-lo certa manhã, mostrou-lhe as cartas que ele, para prolongar a vida de Kohlhaas, e assim pelo menos ganhar tempo de conseguir dele o bilhete que possuía, enviara às cortes de Viena e de Berlim. O camareiro se jogou de joelhos à sua frente e implorou, por tudo que lhe era mais caro e sagrado, que lhe dissesse o que aquele bilhete continha. O príncipe eleitor disse que ele por favor trancasse o quarto e se sentasse à cama; e, depois de tomar sua mão, e apertá-la ao peito com um suspiro, principiou conforme segue: tua mulher já te contou, conforme fiquei sabendo, que o príncipe eleitor de Brandemburgo e eu, no terceiro dia de nosso encontro em Jüterbock, encontramos uma cigana; e, uma vez que o príncipe herdeiro, vivo como era por natureza, decidiu aniquilar, com uma brincadeira e aos olhos do povo, a fama daquela mulher aventureira, sobre cujas artes já havia se falado de modo inconveniente durante a refeição, apresentou-se de braços cruzados ante sua mesa e exigiu que oferecesse, acerca da profecia que lhe faria, um sinal, que pudesse ser constatado ainda naquele dia, alegando que se assim não fosse não acreditaria em uma só das palavras dela, ainda que fosse a sibila romana. A mulher, medindo-nos fugidiamente da cabeça aos pés, disse: que o sinal seria que o grande corço chifrudo, que o filho do jardineiro criava no parque, viria a nosso encontro no mercado em que nos encontrávamos antes ainda de o deixarmos. É preciso que saibas, ainda, que este corço, destinado à cozinha de Dresden, era mantido preso a ferros e cravelhos em uma jaula de ripas que chegavam até bem alto, sombreada pelos carvalhos do parque, sem contar que, devido a outros pequenos animais selvagens e aves, o parque todo e além disso o jardim que levava até ele eram cuidadosamente vigiados, de modo que não se podia imaginar como o animal viria a nosso encontro até o lugar em que estávamos, confirmando a estranha previsão; todavia preocupado com alguma malandragem que pudesse haver por trás disso, o príncipe, depois de uma breve combinação comigo, decidido a continuar a brincadeira e botar ao chão de modo irretorquível tudo aquilo que a mulher ainda dissesse, mandou um homem ao castelo, ordenando que o corço fosse morto imediatamente e preparado para a refeição de um dos dias seguintes. Em seguida, voltou-se para a mulher, diante da qual a questão foi negociada em voz alta, e disse: pois muito bem, e então, o que descobriste para mim em relação ao futuro? A mulher, olhando sua mão, disse: salve, meu príncipe e senhor! Tua graça reinará por muito tempo; a casa da qual provéns vigorará por muito tempo; e teus descendentes se tornarão grandes e suntuosos, acima de todos os príncipes e senhores do mundo! O príncipe disse a meia voz depois de uma pausa na qual olhou para a mulher mergulhado em pensamentos, dando um passo em minha direção, que sendo assim quase lamentava ter enviado um mensageiro a fim de aniquilar a profecia; e, enquanto o dinheiro saía das mãos dos cavaleiros que o seguiam, chovendo debaixo de muito júbilo no colo da mulher, ele lhe perguntou, botando ele mesmo a mão no bolso e tirando de lá uma moeda de ouro para lhe dar: se a saudação que ela revelaria a mim teria também um som tão argentino quanto a que fora revelada a ele. A mulher, depois de abrir uma caixa que se encontrava a seu lado, e arrumar dentro dela com todo o cuidado e circunstância o dinheiro, separando-o conforme o tipo e o valor, para em seguida fechar a caixa outra vez, botou a mão ante os olhos, protegendo-os do sol, como se este a incomodasse, olhando para mim em seguida; e, uma vez que eu lhe repetisse a pergunta e, de modo brincalhão, enquanto ela examinava minha mão, dissesse ao príncipe: para mim, ao que parece, ela nada tem a anunciar que seja agradável, ela pegou suas muletas, levantou-se vagarosamente da banqueta em que estava, apoiando-se a elas, e, aproximando-se de mim com as mãos misteriosamente estendidas, sussurrou a meu ouvido, de modo que eu pudesse entender: não! A isso eu repliquei, embaraçado: pois bem, e logo em seguida dei um passo, distanciando-me da figura que, com um olhar, frio e inerte, como se seus olhos fossem de mármore, voltou a sentar-se na banqueta parada atrás dela. Perguntei de que lado o perigo ameaçava minha casa. A mulher, tomando nas mãos um carvão e um pedaço de papel e cruzando os joelhos, perguntou: se eu queria que ela o escrevesse para mim? E eu, de fato embaraçado, apenas porque, sendo as circunstâncias como eram, nada mais me restava, acabei respondendo: sim! faça isso!, vendo-a replicar logo em seguida: pois bem!, vou escrever três coisas para ti: o nome do último regente de tua casa, o ano em que ele perderá seu reino e o nome daquele que o conquistará pelo poder das armas. Depois de dizer isso ante os olhos de todo o povo ali reunido, eis que ela se levanta, enrola o bilhete, fechando-o com uma cola que umedeceu com sua boca murcha, pressionando depois sobre a mesma um anel de chumbo com selo que usava no dedo médio. E, uma vez que mostro querer pegar o bilhete, curioso como podes facilmente imaginar e mais do que as palavras são capazes de expressar, ela diz: de modo algum, alteza! E se volta, levantando uma de suas muletas: será com aquele homem ali, o de chapéu de pena, parado sobre o banco, atrás do povo todo, à entrada da igreja, que conseguirás, se quiseres, o teu bilhete! E com isso, antes mesmo que eu compreendesse ao certo o que ela dizia, ela me deixa parado, mudo de surpresa, na praça onde estou; e, enquanto fecha a caixa atrás dela e em seguida a lança sobre as costas, mistura-se, sem que eu consiga perceber o que faz, em meio à multidão do povo que nos cerca. Então eis que justamente naquele instante aparece, para meu alívio mais sincero, o cavaleiro que o príncipe mandara ao castelo e anuncia, rindo, que o corço havia sido morto e arrastado debaixo de seus olhos à cozinha por dois caçadores. O príncipe, deitando animado seu braço no meu, na intenção de me tirar da praça, disse: pois muito bem! De modo que a profecia não passou de uma pilantragem das mais comuns, e não valeu o tempo e o ouro que custou! Mas quão grande foi nossa surpresa ao ouvir, ainda enquanto ele dizia essas palavras, um grito se levantando pela praça inteira, e todos os olhos se voltando para um grande cão de açougueiro que chegava correndo do pátio do castelo, e agarrara o corço pela nuca como bom despojo, roubando o animal à cozinha e deixando-o no chão três passos à nossa frente, perseguido por servos e criadas; assim a profecia da mulher havia se cumprido, e o corço, ainda que morto, chegara ao nosso encontro até o mercado, o que de certo modo garantia a verdade de tudo que ela dissera. O raio que cai do céu em um dia de inverno não pode ser mais aniquilador do que aquela visão foi pra mim, e meu primeiro esforço, assim que consegui me livrar do grupo no qual me encontrava, foi logo encontrar o homem com o chapéu de pena que a mulher havia me mostrado; mas nenhum dos meus servidores, que durante três dias ininterruptos tentaram conseguir informação, foi capaz de encontrar o menor sinal dele: e agora, amigo Beltrano, há algumas semanas, na quinta de Dahme, eis que vejo o homem com meus próprios olhos.

E, com isso, soltou a mão do camareiro; e, enquanto secava o suor de sua testa, voltou a cair em seu leito. O camareiro, que considerou esforço inútil refutar e corrigir com seu ponto de vista acerca do ocorrido o ponto de vista que o príncipe eleitor tinha do mesmo, pediu-lhe que tentasse algum meio de se apossar do bilhete, e depois entregar o tipo a seu destino; mas o príncipe eleitor respondeu que simplesmente não via meio de consegui-lo, ainda que o pensamento de ter de abrir mão dele, ou então de deixar o conhecimento do mesmo sucumbir com aquele homem, o deixasse próximo da miséria e do desespero. À pergunta do amigo: se ele fizera tentativas no sentido de interrogar a própria pessoa da cigana, o príncipe eleitor replicou que o palácio do governo, atendendo a uma ordem que ele havia encaminhado dando um falso pretexto, tentara encontrar aquela mulher até o presente dia em vão, em todas as praças do eleitorado; embora ele duvidasse em absoluto já desde o princípio, por motivos que se recusou a justificar mais detalhadamente, que ela pudesse ser encontrada na Saxônia. Então aconteceu que o camareiro se lembrou que precisava viajar a Berlim, devido a várias propriedades consideráveis, localizadas na região de Neumark, que sua mulher havia herdado do espólio do arquichanceler, conde Kallheim, que fora demitido e logo em seguida morrera; e assim, uma vez que realmente amava o príncipe eleitor, o camareiro acabou perguntando, depois de refletir um pouco: se o príncipe eleitor não queria lhe conceder carta branca para tentar resolver o assunto? E, uma vez que este, apertando a mão do amigo a seu peito, respondesse: pensa que sejas eu mesmo, e consegue o bilhete pra mim, o camareiro, depois de entregar seus negócios, apressou em alguns dias sua partida, e viajou a Berlim, acompanhado apenas de alguns criados, deixando sua mulher em Dresden.

Kohlhaas, que entrementes, conforme já foi dito, chegara em Berlim, e, a uma ordem especial do príncipe eleitor, fora levado a uma prisão destinada à nobreza, que o recebeu com seus cinco filhos de modo tão confortável quanto possível, já fora chamado também a dar satisfações ante o tribunal de câmara logo após o aparecimento do advogado imperial de Viena, acusado de violar a paz pública no império; e, embora em sua defesa objetasse que não poderia ser preso devido a seu ataque armado na Saxônia e às violências cometidas durante ele, uma vez que havia entrado em acordo a respeito com o príncipe eleitor da Saxônia em Lützen, logo ficou sabendo, e foi devidamente cientificado disso, que a majestade do imperador, cujo advogado conduzia a acusação ali, não podia levar isso em consideração; e bem logo também o aceitou, depois de terem lhe detalhado tudo e explicado que, no que dizia respeito a sua causa contra o fidalgo Wenzel von Tronka, seria totalmente atendido em suas reivindicações por parte de Dresden. Assim aconteceu que, justamente no dia da chegada do camareiro, a sentença contra ele foi proferida, e ele acabou condenado a perder a vida, morrendo pela espada; um veredicto em cuja execução todavia ninguém acreditou, pois as coisas se mostravam enroladas demais e dada a benevolência que o príncipe eleitor, e inclusive a cidade inteira, demonstrava em relação a Kohlhaas, esperando que o mesmo fosse infalivelmente transformado, por uma decisão soberana, em uma simples pena de prisão, ainda que talvez longa e pesada. O camareiro, que todavia logo constatou que não haveria tempo a perder caso o encargo que seu soberano lhe dera devesse ser cumprido, principiou suas tentativas se apresentando, exato e laborioso em seus trajes cortesãos habituais, diante de Kohlhaas na manhã de um dia em que o mesmo se encontrava parado à janela de sua cela observando inocentemente os passantes; e, uma vez que, devido a um movimento repentino de cabeça, concluísse que o comerciante de cavalos havia notado sua presença, constatando inclusive, com grande prazer, que o mesmo tocava a cápsula junto ao peito com um gesto involuntário da mão, considerou aquilo que se passara pela alma de Kohlhaas naquele momento um preparativo suficiente no sentido de dar um passo adiante na tentativa de tomar posse do bilhete. Chamou para perto de si uma idosa vendedora de quinquilharias que perambulava por aí apoiada a muletas, e que ele percebera nas ruas de Berlim andando entre a ralé que comerciava velharias, e que, pela idade e pelos trajes, lhe pareceu corresponder bastante àquela que o príncipe eleitor lhe descrevera, e, supondo que Kohlhaas não teria guardado com exatidão os traços daquela que lhe entregara o bilhete de modo assim tão rápido e fugidio, decidiu levar a mulher velha que chamava em lugar dela, pedindo que na medida do possível fizesse o papel da cigana junto a Kohlhaas. E assim, a fim de orientá-la, contou em detalhes tudo aquilo que havia acontecido entre o príncipe eleitor e a referida cigana em Jüterbock, não esquecendo, uma vez que não sabia até que ponto a mulher havia ido em suas revelações a Kohlhaas na ocasião, de fazer com que esta guardasse bem os três misteriosos artigos registrados no bilhete; e, depois de lhe ter detalhado o que devia dizer de modo entrecortado e confuso, sobre certos planos de se apossar, fosse com astúcia ou fosse com violência, do bilhete, que era de extrema importância para a corte saxã, encarregou-a de exigir o bilhete de Kohlhaas para que ela mesma, em sua falsa condição de cigana, o guardasse por alguns dias decisivos, sob o pretexto de que o mesmo não estava mais seguro com ele. A vendedora de quinquilharias assumiu imediatamente a execução do plano referido, após a promessa de uma recompensa considerável, da qual o camareiro teve de pagar adiantada uma parte, atendendo a exigência dela; e, uma vez que a mãe do servo Herse, que havia tombado em Mühlberg, visitava Kohlhaas às vezes com permissão das autoridades, e conhecia aquela mulher há algumas luas, ela acabou conseguindo em um dos dias seguintes, por meio de uma pequena doação ao carcereiro, entrar até onde estava o comerciante de cavalos.

Kohlhaas, no entanto, assim que a mulher entrou, achou que desde logo estava reconhecendo, por um anel com selo que ela usava no dedo e uma correntinha de corais que lhe pendia do pescoço, a velha e conhecida cigana que lhe estendera o bilhete em Jüterbock; e, como a probabilidade nem sempre está do lado da verdade, aconteceu ali o que iremos referir em seguida, não sem no entanto admitir a liberdade de duvidar disso àquele que achar melhor fazê-lo: o camareiro havia cometido o mais terrível dos erros de julgamento ao convidar a idosa vendedora de quinquilharias encontrada nas ruas de Berlim para imitar a cigana, pois não imaginava que se tratasse da própria cigana misteriosa que ele queria ver imitada. Pelo menos foi o que a mulher, apoiada a suas muletas e acariciando as faces das crianças que se aninhavam junto ao pai, intimidadas ao ver seu aspecto estranho, acabou dizendo: que ela já há algum tempo retornara da Saxônia a Brandemburgo e, a uma pergunta descuidadamente ousada do camareiro pela cigana que estivera na primavera do ano anterior em Jüterbock, feita nas ruas de Berlim, logo se aproximara dele, e, dando a ele um nome falso, aconselhara-o ao plano que ele agora queria ver realizado. O comerciante de cavalos, que percebeu uma estranha semelhança entre ela e sua falecida mulher, Lisbeth, tanto que até lhe poderia perguntar se ela não seria a avó da esposa, pois não eram apenas os traços de seu rosto, mas também a constituição óssea ainda bela de suas mãos, e sobretudo o modo como as usava ao falar, que lhe lembravam vivamente a esposa; também um sinal de nascença desenhado no pescoço de Lisbeth ele percebeu no colo da cigana, de modo que exigiu, enquanto lhe passavam pela cabeça os mais estranhos pensamentos, que ela se sentasse em uma cadeira e perguntou qual era o motivo que a levava até ali por ordem do camareiro. A mulher, enquanto o cão de Kohlhaas lhe farejava os joelhos e abanava o rabo ao ser acariciado por sua mão, respondeu: o encargo que o camareiro teria lhe dado seria conseguir a resposta para as três tão importantes perguntas para a corte saxã registradas no bilhete; proteger o mesmo bilhete de um emissário que se encontrava em Berlim para tentar se apossar dele; e conseguir que ele, Kohlhaas, lhe entregasse o bilhete, sob o pretexto de que o mesmo não estaria mais seguro em seu peito, onde ele o guardava. Mas a intenção em que ela vinha até ele seria para lhe dizer que a ameaça de conseguir lhe arrancar o bilhete por meio da astúcia ou da violência era de mau gosto e não passava de uma alucinação vazia; que ele, estando sob a proteção do príncipe eleitor de Brandemburgo como estava, não precisava temer o que quer que fosse em relação ao mesmo, e inclusive que o bilhete com ele estaria bem mais seguro do que com ela, e que ele apenas deveria cuidar para que não o tirassem dele, fosse qual fosse o pretexto. Todavia concluiu dizendo que considerava inteligente fazer uso do bilhete conforme ela lhe indicara ao lhe entregar o mesmo no mercado anual de Jüterbock, acolhendo a proposta que lhe havia sido feita na fronteira através do fidalgo von Stein, e ceder o bilhete, que para ele não serviria mais de nada, em troca da vida e da liberdade, ao príncipe eleitor da Saxônia.

Kohlhaas, que se regozijava com o poder que lhe fora concedido, de ferir mortalmente o calcanhar de seu inimigo no momento em que este o lançava ao pó, respondeu: por nada no mundo, mãezinha, por nada no mundo! E apertou a mão da anciã, querendo saber apenas quais eram as respostas às terríveis perguntas contidas no bilhete. A mulher, enquanto levantava ao colo o mais novo dos filhos, que havia se encolhido a seus pés, disse: por nada no mundo, Kohlhaas, comerciante de cavalos; mas por esse garoto bonito, pequeno e louro! E com isso ria para ele, brincava com ele e o beijava, e, enquanto este arregalava os olhos para ela, estendeu-lhe com suas mãos esburgadas uma maçã que trazia no bolso. Kohlhaas disse, confuso: que as crianças, quando crescessem, o louvariam por seu procedimento, e que ele não podia fazer nada melhor por elas e por seus netos do que ficar com o bilhete. Além disso, perguntou quem, depois da experiência que havia feito, poderia lhe garantir que não seria vítima de uma nova trapaça, e se não acabaria mais uma vez, conforme já acontecera no passado com seu bando guerreiro, que ele juntara em Lützen, sacrificando o bilhete em vão ao príncipe eleitor. Quem não cumpriu sua palavra uma vez comigo, ele disse, jamais voltará a ouvir outra de minha boca; e apenas teu pedido, claro e exato, é que me separa, boa mãezinha, do bilhete através do qual tudo que foi cometido contra mim também foi pago de modo tão prodigioso. A mulher, botando a criança no chão, disse: que ele tinha razão em vários sentidos, e que poderia fazer e deixar de fazer o que bem entendesse! E com isso voltou a pegar suas muletas e quis ir embora. Kohlhaas repetiu sua pergunta relativa ao conteúdo do bilhete fatídico; ele desejava, uma vez que ela respondeu fugidiamente e sabendo que ele poderia muito bem abri-lo, ainda que se tratasse de mera curiosidade, que ela lhe revelasse ainda mil outras coisas antes de ir: quem ela era, afinal de contas, de onde vinha a ciência que ela dominava tão bem assim e por que se recusara a revelar o bilhete ao príncipe eleitor, para o qual ele afinal de contas havia sido escrito, entregando-o, entre tantos milhares de pessoas, justamente a ele, que jamais recorrera à sua ciência?

Então aconteceu que justamente naquele instante um ruído se fez ouvir, causado por alguns oficiais da polícia que desciam a escada; de modo que a mulher, repentinamente preocupada em ser encontrada por eles naqueles aposentos, disse: até a vista, Kohlhaas, até a vista! Se um dia voltarmos a nos encontrar, não te faltarão conhecimentos acerca de tudo isso! E com isso, voltando-se para a porta: cuidem-se, criancinhas, adeus!, beijou os pequenos um após o outro e em seguida se foi.

Entrementes o príncipe eleitor da Saxônia, entregue a seus pensamentos lastimáveis, havia convocado dois astrólogos, chamados Oldenholm e Olearius, que eram muito respeitados na Saxônia na época, e pedido seu conselho acerca do conteúdo do misterioso bilhete, tão importante para toda sua estirpe e sua descendência; os homens, depois de uma investigação profunda, que durou vários dias, na torre do castelo de Dresden, não conseguiram entrar em acordo sobre se a profecia dizia respeito a séculos tardios ou se referia aos tempos atuais, e se talvez a coroa polonesa, com a qual as relações continuavam assaz hostis, estava incluída nos termos: e assim, devido àquela disputa entre sábios, em vez de amenizar a inquietude, para não dizer o desespero em que se encontrava o infeliz soberano, apenas tornou o sentimento ainda mais agudo, fazendo-o aumentar a um grau que era totalmente insuportável para sua alma. A tudo isso veio se juntar o fato de o camareiro ter encarregado sua mulher, que naquele momento estava a ponto de segui-lo a Berlim, de comunicar de modo cuidadoso ao príncipe eleitor, antes de viajar, como estavam precárias as esperanças de conseguir o bilhete em posse de Kohlhaas depois da malograda tentativa que fizera com uma mulher que desde então jamais voltara a se apresentar diante dele, na medida inclusive em que a sentença de morte proferida contra o comerciante de cavalos, depois de um exame detalhado dos autos, já havia sido assinada pelo príncipe eleitor de Brandemburgo, e o dia da execução já estava marcado para a segunda-feira posterior ao domingo de Ramos; a essa notícia, o príncipe eleitor, o coração cheio de desgosto e arrependimento, foi se trancar em seu quarto como alguém que estivesse completamente perdido, e lá ficou durante dois dias, cansado da vida, sem tomar qualquer alimento, até que no terceiro dia, depois de um breve anúncio ao palácio do governo de que viajaria até o príncipe de Dessau para caçar, desapareceu de Dresden repentinamente. Para onde ele realmente foi, e se de fato chegou a ir a Dessau, deixaremos em aberto, na medida em que as crônicas a partir das quais contamos, comparando-as, nesse ponto se contradizem e se anulam de modo bem estranho. Certo é que o príncipe de Dessau a essa época jazia doente, incapaz de caçar, em Braunschweig, aos cuidados de seu tio, o duque Heinrich, e que a dama Heloise, ao anoitecer do dia seguinte, chegou em Berlim, para junto do camareiro, senhor Beltrano, seu esposo, acompanhada de um certo conde von Königstein, que a mesma disse ser seu primo.

Nesse ínterim, a sentença de morte havia sido lida a Kohlhaas por ordem do príncipe eleitor, suas correntes retiradas, e restituídos os papéis relativos a suas propriedades que lhe haviam sido confiscados em Dresden; e, uma vez que os conselheiros que o tribunal havia colocado à sua disposição lhe perguntassem o que ele queria que se fizesse com o que possuía após sua morte, ele escreveu, com a ajuda de um notário, um testamento em favor de seus filhos, e estabeleceu o bailio de Kohlhaasenbrück, seu honesto amigo, como tutor dos mesmos. Depois disso, nada se igualou à tranquilidade e satisfação de seus últimos dias; pois, a uma ordem especial bem estranha da parte do príncipe eleitor, ainda foi aberta, pouco depois, a jaula na qual se encontrava, e todos seus amigos, e ele os possuía em grande número na cidade, puderam visitá-lo livremente de dia e de noite. Sim, e ele teve ainda a satisfação de ver entrando em sua cela o teólogo Jakob Freising, que veio na condição de enviado do doutor Lutero, com uma carta de próprio punho e sem dúvida assaz estranha da parte deste, mas que terminou extraviada, acabando por receber daquele homem da Igreja, na presença de dois decanos brandemburgueses que lhe davam as mãos, o beneplácito da sagrada comunhão. Depois disso chegou, enfim, em meio ao burburinho geral da cidade, que continuava acreditando em uma decisão soberana que o salvaria, a fatídica segunda-feira posterior ao domingo de Ramos na qual ele deveria dar satisfação ao mundo pela tentativa demasiado precipitada de alcançar justiça com suas próprias mãos. Ele acabava de sair, com seus dois filhos mais novos nos braços (pois implorara expressamente ante o tribunal que lhe fosse feita essa concessão), pelo portão de sua cela acompanhado de uma forte guarda encabeçada pelo teólogo Jakob Freising, quando em meio aos murmúrios lamentosos de conhecidos que lhe apertavam as mãos e se despediam dele, o castelão do palácio eleitoral se aproximou com o rosto perturbado e lhe entregou um papel que, conforme ele disse, lhe havia sido entregue em mãos por uma mulher idosa. Kohlhaas, enquanto olhava com estranheza para o homem que lhe era apenas pouco conhecido, abriu o papel cujo selo impresso em cola imediatamente fez com que se lembrasse da conhecida cigana. Mas quem é capaz de descrever o espanto que tomou conta dele ao encontrar escrita a seguinte notícia:

> "Kohlhaas, o príncipe eleitor da Saxônia se encontra em Berlim. Ele já se adiantou em direção à praça do patíbulo, e poderá ser reconhecido, se achares conveniente, por seu chapéu de penas azuis e brancas. Não preciso te dizer qual é a intenção dele ao vir; ele quer, assim que estiveres enterrado, cavoucar em busca da cápsula e mandar abrir o bilhete que está dentro dela.
> Tua Elisabeth."

Kohlhaas, voltando-se, consternado ao extremo, para o castelão, perguntou-lhe: se ele conhecia a mulher prodigiosa que lhe entregara o bilhete? Mas, uma vez que o castelão respondesse: Kohlhaas, a mulher..., e no meio de seu discurso estacasse de modo estranho, ele não pôde, arrastado como foi pelo cortejo que naquele momento mais uma vez se apresentou, ouvir o que o homem, que tremia da cabeça aos pés, estava dizendo.

Quando chegou à praça do patíbulo, Kohlhaas encontrou o príncipe eleitor de Brandemburgo com seu séquito, no qual se encontrava também o arquichanceler, senhor Heinrich von Geusau, a cavalo em meio a uma multidão imensurável de gente: à sua direita se encontrava o advogado imperial Franz Müller com uma cópia da sentença de morte na mão; à sua esquerda, seu próprio advogado, o doutor em leis Anton Zäuner, com a conclusão do tribunal da corte de Dresden; e, no meio do semicírculo que o povo formara, encontrava-se um arauto com uma trouxa de coisas e os dois morzelos, o pelo brilhante de tão bons tratos e escarvando o chão com as patas. Pois o arquichanceler, senhor Heinrich, havia levado a cabo, ponto por ponto, e sem a menor restrição, a queixa que Kohlhaas levantara em Dresden contra o fidalgo Wenzel von Tronka; de tal modo que os cavalos, reabilitados depois de se ter agitado publicamente uma bandeira sobre suas cabeças, arrancando-os às mãos do esfolador que os alimentava, passaram a ser engordados pelo pessoal do fidalgo e, na presença de uma comissão especialmente instituída para tanto, entregues ao advogado no mercado de Dresden. Depois disso o príncipe eleitor falou, quando Kohlhaas se aproximou, acompanhado da guarda, da elevação no terreno em que ele já se encontrava: pois bem, Kohlhaas, é chegado o dia em que alcanças justiça! Olhe para cá, aqui te entrego tudo o que te foi arrancado com violência no castelo von Tronka, e o que eu, na condição de teu soberano, tinha o dever de te dar de volta; morzelos, lenço de pescoço, florins imperiais, roupas, e inclusive os custos do restabelecimento para teu servo tombado em Mühlberg. Estás satisfeito comigo?

Kohlhaas, enquanto lia de olhos arregalados e faiscantes a conclusão que lhe foi entregue a um aceno do arquichanceler, colocou as duas crianças que carregava nos braços a seu lado, no chão; e, uma vez que encontrava no veredicto também um artigo no qual o fidalgo Wenzel era condenado a dois anos de prisão, mesmo estando a distância, deixou-se cair, dominado por seus sentimentos, as mãos cruzadas sobre o peito, de joelhos diante do príncipe eleitor. Garantiu, alegre, ao arquichanceler, enquanto se levantava e deitava a mão sobre seu colo, que seu maior desejo sobre a terra havia se realizado; caminhou para perto dos cavalos, mediu-os detidamente e bateu em seus pescoços gordos; em seguida explicou ao chanceler com voz serena, depois de voltar até onde ele estava: que ele os dava de presente a seus dois filhos, Heinrich e Leopold! O chanceler, senhor Heinrich von Geusau, voltado suavemente para ele do alto do cavalo, prometeu-lhe, em nome do príncipe eleitor, que sua última vontade haveria de ser santamente respeitada: e o instou a declarar também qual seria o destino das demais coisas que restavam na trouxa. A isso Kohlhaas chamou a velha mãe de Herse, cuja presença percebera na praça em meio à multidão do povo ali reunido, e, entregando-lhe as coisas, disse: aqui, mãezinha; isso te pertence! E acrescentou à soma que já se encontrava na trouxa, como compensação pelos danos de que havia sido vítima, mais uma quantia em dinheiro como presente para que a anciã pudesse se cuidar e passar bem os dias que ainda lhe restavam.

O príncipe eleitor exclamou: e então, Kohlhaas, comerciante de cavalos, tu, que foste abençoado com tanta satisfação em tuas demandas, prepara-te para conceder satisfação à sua majestade imperial, cujo advogado se encontra aqui presente, devido à violação da paz pública por ti perpetrada. Kohlhaas, tirando seu chapéu e jogando-o ao solo, disse: que estava pronto para isso! Entregou os filhos, depois de levantá-los do chão mais uma vez e apertá-los ao peito, ao bailio de Kohlhaasenbrück, e em seguida foi, enquanto este os levava para longe da praça debaixo de lágrimas silenciosas, até o cepo da execução. Estava desatando o lenço do pescoço e abrindo o peitilho quando, ao lançar um olhar fugidio ao círculo formado pelo povo, percebeu, a pouca distância de si, entre dois cavaleiros que o encobriam pela metade com seus corpos, o homem bem conhecido com o chapéu de penas azuis e brancas. Depois de se aproximar dele, dando um passo repentino e assustando a guarda que o envolvia, Kohlhaas soltou a cápsula que trazia junto ao peito; tirou de dentro dela o bilhete, arrancou-lhe o selo, e o leu: e, com os olhos fixos no homem com o chapéu de penas azuis e brancas, que já começava a conceder espaço a doces esperanças, enfiou o bilhete na boca e o engoliu. O homem com o chapéu das penas azuis e brancas, ao ver a cena, caiu desmaiado, tomado por convulsões. Kohlhaas porém, enquanto os acompanhantes consternados do outro se abaixavam e o levantavam do chão, voltou-se para o cadafalso, onde sua cabeça caiu sob o machado do carrasco.

 Aqui termina a história de Kohlhaas. Depuseram o cadáver, em meio às lamentações gerais do povo, em um esquife; e, enquanto os carregadores o levantavam, a fim de enterrá-lo decentemente no cemitério dos arredores da cidade, o príncipe eleitor chamou os filhos do falecido para junto de si, e os armou cavaleiros, esclarecendo ao arquichanceler que deveriam ser educados em sua escola de pajens. O príncipe eleitor da Saxônia, dilacerado de corpo e alma, voltou a Dresden pouco depois, onde teve o fim que pode ser lido nos livros de história. De Kohlhaas, todavia, viveram em Mecklemburgo ainda no século passado alguns alegres e robustos descendentes.

Glossário resumido

ADMINISTRADOR — *Verwalter*, no original.

ALCAIDE — *Burgvogt*, no original. Que se trata do alcaide do castelo no trecho em que o mesmo aparece é óbvio, e "castelão" seria uma alternativa, mas pareceria mais dúbia, porque pode referir o dono do castelo, e até porque mais tarde aparece um *Kastellan*. O *Stiftsvogt*, espécie de administrador do mosteiro, que aparece mais tarde, é traduzido por "alcaide do mosteiro".

ALCAIDE LOCAL — *Landvogt*, no original.

ARQUICHANCELER — *Erzkanzler*, no original.

BAILIO — *Amtmann*, no original. Há dois, e ambos são amigos de Kohlhaas: o bailio de Kohlhaasenbrück e o de Lockewitz.

CASTELÃO — *Kastellan*, no original.

CHANCELER — *Kanzler*, no original.

COMERCIANTE DE CAVALOS — *Rosshändler*, no original. Ver TRATANTE DE CAVALOS.

CONSELHO DO ESTADO — *Staatsrat*, no original.

CORREGEDOR DA CIDADE — *Stadthauptmann*, no original.

ELEITORADO — *Kurfürstentum*, no original.

FIDALGO — *Junker*, no original.

FULANO E BELTRANO VON TRONKA — *Hinz und Kunz von Tronka*, no original. A intenção irônica é marcada sobretudo pelo olhar do século XIX sobre uma história de alguns séculos antes.

INTENDENTE DO PALÁCIO — *Schlosshauptmann*, no original.

M... — Ver SENHOR M.

OFICIAL JURISDICIONAL — *Landdrost*, no original.

PRÍNCIPE ELEITOR — *Kurfürst*, no original. Às vezes, quando há outro príncipe (*Prinz*) envolvido na mesma situação narrativa, optou-se apenas por "eleitor". Quando há dois príncipes eleitores envolvidos, como no caso envolvendo a cigana, optou-se às vezes apenas por "príncipe", para não confundir o leitor e deixar claro que a narrativa é conduzida pelo príncipe eleitor da Saxônia, que se refere a um outro príncipe (também eleitor). Mesmo assim é importante perceber a confusão intencional de alguns binômios que não por acaso aparecem juntos em determinadas cenas.

SENHOR M. — No original *H.... A....*, abreviação pundonorosa de *Herr Arschloch*, ou, senhor Cuzão. Arschloch é termo usado na Alemanha com a mesma fluência e tranquilidade de "merda" no Brasil.

SUSERANO — *Gerichtsherr*, no original.

TRATANTE DE CAVALOS — *Rosskamm*, no original; quando o texto menciona *Rosshändler*, optou-se por "comerciante de cavalos". A expressão *Rosskamm* é usada pela primeira vez por um "inimigo" de Kohlhaas e repetida pelo narrador sempre que pretende se mostrar avesso aos gestos ou atitudes de seu malfadado herói. No passado, "tratante" era termo diretamente vinculado ao comércio ardiloso e velhaco de mercadorias, um sinônimo de comerciante pouco escrupuloso. Mais para o final da novela, o mesmo narrador passa sintomaticamente a usar apenas a expressão "comerciante de cavalos" para caracterizar Michael Kohlhaas.

Cronologia resumida de Heinrich von Kleist

1777 — Nasce, em 18 de outubro (o próprio Kleist dizia que a data de seu nascimento era 10 de outubro), na cidade de Frankfurt an der Oder, em uma família nobre ancestral da Pomerânia, de posição destacada na Prússia da época. Na ascendência de Kleist, há vários generais e marechais, mas também grandes proprietários e inclusive alguns eruditos e diplomatas. Seu pai, Friedrich von Kleist (1728-1788), foi capitão do Estado-Maior no regimento do príncipe Leopoldo de Braunschweig. As meias-irmãs de Kleist, Wilhelmine (chamada Minette) e Ulrike, de quem sempre esteve mais próximo, eram filhas da primeira mulher do capitão, Caroline Luise von Wulffen. Kleist é filho do segundo casamento, com Juliane Ulrike Pannwitz (1746-1793), que lhe deu as irmãs, também mais velhas, Friederike e Auguste, e por fim um irmão, Leopold Friedrich, e uma irmã, Juliane, ambos mais novos do que ele.

1788 — Com a morte do pai, Kleist passa a ser educado na pensão do pastor Samuel Heinrich Catel. Provavelmente foi Catel o responsável por seus conhecimentos da língua francesa, dos poetas clássicos e dos filósofos contemporâneos, com os quais Kleist aliás continuou se ocupando durante o serviço militar.

1792 — Em junho, seguindo o mandado familiar, Kleist entra no 3º Batalhão do Regimento da Guarda de Potsdam, e em seguida participa da Campanha do Reno contra a França, assim como do cerco, em Mainz, à primeira República burguesa alemã.

1795 — Apesar de suas dúvidas cada vez maiores em relação à vida militar, é promovido a alferes.

1797 — As desconfianças apenas aumentam, mas Kleist é promovido novamente, desta vez a tenente. À parte das atividades militares, estuda matemática e filosofia com seu amigo Rühle von Lilienstern em Potsdam, e consegue entrar na universidade. Vende, com seus irmãos, a propriedade paterna por 30 mil táleres.

1799 — Expressa o desejo de largar o serviço militar, que considerava insuportável, mesmo contra a esperada reação familiar, que não entendia sua disposição em se voltar para a formação do espírito, recusando a busca da riqueza, da dignidade e da honra militar privilegiadas desde sempre pela nobreza. Kleist começa a estudar matemática, física, história da cultura e latim na universidade Viadrina, em Frankfurt an der Oder.

1800 — Fica noivo de Wilhelmine von Zenge, filha de um general. Começa a trabalhar, depois de interromper os estudos, como voluntário no ministério das Finanças prussiano, em Berlim. A família da noiva exige que Kleist tenha um cargo oficial.

1801 — Atingida a maioridade, passa a dispor de um sétimo do montante da venda da propriedade de seus pais, ocorrida quatro anos antes. É desse ano a carta a Ulrike em que escreve que "a vida é um jogo difícil, no qual sempre se é obrigado a tirar uma nova carta sem saber o que é um trunfo e o que não é". A leitura da *Crítica da faculdade do juízo* de Kant aguça a crise interna, e o escritor passa a duvidar definitivamente da realidade racional, do mundo tal qual o vemos. Viaja pela França com a irmã Ulrike tentando superar os problemas da vida e as exigências de praticidade e especialização por ela impostas. Estuda Voltaire, Rousseau e Helvétius.

1802 — Em abril, mora na ilha de Scherzling, no rio Aare, em Thun, na Suíça. Rompe com Wilhelmine, que não queria aceitar a vida pacata de campônia com ele e a tentativa cândida de, dessa vez, cultivar seu jardim à maneira de Voltaire para buscar a felicidade inalcançável. Recomeça a trabalhar na peça *A família Schroffenstein* (*Die Familie Schroffenstein*), que principiara a escrever em Paris. Principia também a escrever a comédia *A moringa quebrada* (*Der zerbrochne Krug*).

1803 — Viaja à Alemanha e em Dresden conhece, entre outros, o escritor Friedrich de la Motte Fouqué. Volta a Paris com o amigo da juventude Ernst von Pfuel. Queima os trechos concluídos de sua peça *Robert Guiscard*, por achar que não consegue realizar literariamente o que esboça mentalmente. Tenta entrar no serviço diplomático em Berlim.

1804 — Trabalha no Departamento de Finanças, em Berlim.

1805 — Muda-se para Königsberg (hoje Kaliningrado), ainda como funcionário do governo. Reencontra Wilhelmine na cidade, já casada com o professor de filosofia Wilhelm Traugott Krug. Termina de escrever *A moringa quebrada* e trabalha na peça *Anfitrião* (*Amphitryon*), na tragédia *Pen-*

tesileia (*Penthesilea*), na novela *Michael Kohlhaas* e no conto *O terremoto do Chile* (*Das Erdbeben in Chili*).

1806 — Começa a esboçar o plano de deixar o serviço público para ganhar a vida como escritor e dramaturgo.

1807 — A caminho de Berlim, é preso como espião pelas autoridades francesas e levado ao Fort de Joux, em Pontarlier, e em seguida como prisioneiro de guerra a Châlons-sur-Marne. É provavelmente lá que escreve a novela *A marquesa de O...* (*Marquise von O...*). Depois de libertado, viaja a Dresden, onde conhece Christian Gottfried Körner, amigo de Schiller, e outros eruditos da época, como Adam Heinrich Müller e o historiador Friedrich Christoph Dahlmann, além de românticos como o escritor Ludwig Tieck e o pintor Caspar David Friedrich.

1808 — Junto com Müller, passa a publicar o periódico *Phöbus*, que leva o subtítulo de *Jornal das Artes*. O primeiro número traz um fragmento de *Pentesileia* e é enviado a Goethe, que manifesta sua admiração e sua incompreensão com a obra em uma carta. Escreve o drama *A batalha de Armínio* (*Die Hermannsschlacht*), abordando a derrota de Varo ante o exército germano no século IX. Participa, intelectual e factualmente, da resistência "germânica" a Napoleão em Praga. Volta a Frankfurt an der Oder e mais tarde a Berlim, onde permaneceria até a morte.

1809 — Conhece grandes escritores e pensadores da época como Achim von Arnim, Clemens Brentano, Joseph von Eichendorff, Wilhelm Grimm, além de Karl August Varnhagen von Ense e Rahel Varnhagen.

1810 — É publicado o primeiro volume de suas narrativas, com *Michael Kohlhaas*, *A marquesa de O...* e *O terremoto do Chile*. Em setembro sai sua peça *A Catarininha de Heilbronn* (*Das*

Käthchen von Heilbronn). Kleist começa novos projetos periodísticos, com a publicação de *Berliner Abendblätter*, um jornal diário com notícias locais, de índole nacionalista. Autores como Adelbert von Chamisso colaboraram nas edições do mesmo, e Kleist publica nele obras como *Sobre o teatro de marionetes* (*Über das Marionettentheater*) e sátiras a notícias policiais e casos jurídicos.

1811 — A censura proíbe a publicação do jornal. Também a encenação de sua peça *O príncipe de Homburgo* (*Prinz von Homburg*) é proibida até 1814 pelo imperador Frederico Guilherme III. Por isso, em bem pouco tempo, Kleist escreve várias narrativas, entre elas *A mendiga de Locarno* (*Das Bettelweib von Locarno*) e *O noivado em St. Domingo* (*Die Verlobung in St. Domingo*).

1936 — É colocado um túmulo de granito com uma grade de metal no local do suicídio de Kleist, identificado como encontro de peregrinos e passeantes até hoje.

2011 — Por ocasião dos 200 anos de sua morte, a editora Ruth Cornelsen, junto com o Ministério da Cultura e o Senado de Berlim, financia a reforma do túmulo de Kleist. A data de seu nascimento é mudada para 10 de outubro.

Posfácio

Marcelo Backes

Heinrich von Kleist (1777-1811) é considerado o poeta do sentimento absoluto, o precursor do eu nômade e abandonado a si mesmo, o arauto do sujeito sem unidade, que já se encontra além dos limites da mera identidade. Foi trágico tanto na vida quanto na arte, tanto como homem quanto como autor. Seu gênio atormentado e cético sofreu com a orfandade transcendental, cortejou constantemente o fracasso e ultrapassou os limites da estética romântica e da arte clássica. Sua obra, tanto a narrativa quanto a teatral, é inclassificável sobretudo pela profundidade que manifesta, e antecipa movimentos literários bem posteriores como o expressionismo e o existencialismo.

Se Goethe via em Kleist a confusão de sentimentos que o impedia de chegar à harmonia, Deleuze registra nele, 150 anos depois, um autor bem contemporâneo na abordagem da desestruturação do sujeito, embora Kleist sofra e acabe sucumbindo diante daquilo que o filósofo francês de certo modo saúda auspiciosamente. Kleist estudou Voltaire e Rousseau, viu o mundo entrar em convulsão ao ler Kant — ou então encontrou no filósofo o fundamento para o distúrbio que já o revolvia internamente — e circulou com escritores como Ludwig Tieck, Adelbert von Chamisso, Wilhelm Grimm, Joseph von Eichendorff e Clemens von Brentano, além de pintores como Caspar David Friedrich.

Foi espião, preso como tal, exigido demais na vida e censurado sem cessar na literatura. Jamais encontrou seu verdadeiro lugar. Tentou na vida militar, depois na ciência, na vida comum e por fim na arte, e terminou se suicidando junto com uma amiga. *Michael Kohlhaas*, sua novela mais conhecida, é uma das maiores obras breves da história da literatura ocidental, junto com outras do calibre de *A morte de Ivan Ilitch*, de Tolstói, de *A metamorfose*, de Kafka, e de *Coração das trevas*, de Joseph Conrad. Criticada de forma avassaladora pelos leitores contemporâneos devido à falta de nexo, à estrutura confusa e por causa da aparente "pressa" do talhe formal, *Michael Kohlhaas* é uma narrativa de estilo lacônico que atinge a concretude de passar ao bom leitor a sensação quase física do perigo que ameaça o personagem. Tanto que Kafka, não por acaso, diria um século depois que se sentia "parente consanguíneo" de Kohlhaas, o personagem, percebendo como Kleist, o autor, já abria veredas num mundo que ele mesmo trilharia tantas décadas mais tarde. Diante de uma obra como *Michael Kohlhaas*, não são poucos os que pensam, impotentes diante da própria arte, que talvez tudo já tenha sido dito.

A vida

Bernd Heinrich Wilhelm von Kleist (1777-1811) nasceu em Frankfurt an der Oder, na Prússia, descendente de uma família de nobres e soldados.

Com 15 anos, e já órfão, decide seguir o mandado familiar e busca a carreira militar, mas acaba desistindo das armas mais tarde para estudar direito, matemática e outras ciências. Interessado pela filosofia, foi marcado decisivamente pela leitura da *Crítica da faculdade do juízo* de Kant, que o abalou a ponto de fazer com que não mais acreditasse — definitivamente — na objetividade do conhecimento humano. A obra kantiana ainda o ajudou a sistematizar o descalabro interno, formalizando a percepção de uma ruptura já existente e concedendo a seus escritos um tema básico: o conflito permanente entre razão e emoção, o choque entre a subjetividade do ideal interno e a dureza da realidade externa. Em carta de 5 de fevereiro de 1801 a sua irmã Ulrike, Kleist se queixa dizendo que a vida é um jogo difícil porque constantemente se é obrigado a ir ao baralho e buscar uma nova carta, e mesmo assim não se sabe qual dessas cartas significa um verdadeiro trunfo. Em missiva a sua noiva Wilhelmine, alguns dias mais tarde, o autor aguçaria a percepção de sua crise escrevendo: "Não podemos decidir se aquilo que chamamos de verdade é verdadeiramente verdade ou se apenas assim nos parece (...) Meu único, meu maior objetivo sucumbiu, agora não tenho mais nenhum."

Depois de se desiludir com a carreira militar — assim como Kafka não acreditava na vida de funcionário e mesmo assim era bem-sucedido, ele não acreditava na vida de soldado e continuava a ser promovido —, Kleist se volta para a ciência, buscando a formação do espírito e abrindo mão de um caminho voltado para a riqueza, para a dignidade e para a honra militar privilegiadas desde sempre por sua estirpe nobre. Em pouco, no entanto, vê que também a ciência perde o sentido diante do relativismo da verdade e abandona os estudos. Fica noivo de Wilhelmine von Zenge, filha de um general, moça que conhecera um ano antes, ao perceber que a sabedoria dos livros também não era capaz de satisfazê-lo. A família da noiva exige que Kleist tenha um cargo oficial, e o escritor, mais uma vez seguindo o mandado dos outros, teria até exercido as funções de agente secreto do ministério, e participado de espionagens econômicas a favor do governo prussiano. Mas, ao final das contas, Wilhelmine não se curva ao novo ideal de cultivar candidamente o próprio jardim de uma vida simples, que o próprio Kleist aliás acaba por reconhecer pouco verde depois de várias viagens pela Europa na companhia de Ulrike, sua irmã.

Em carta de 26 de outubro de 1803, Kleist volta a se queixar à irmã de que o céu não lhe concede "a fama, o maior entre os bens da terra". Decide lutar contra a Inglaterra, ingressando no exército francês, a fim de "buscar a morte na batalha". Mas conhecidos convencem-no a retornar a Potsdam. Depois de mais um breve intervalo como funcionário, Kleist começa a esboçar o plano de deixar o serviço público para ganhar a vida como escritor e dramaturgo, mas em 1807 é preso como espião pelas autoridades francesas e levado ao Fort de Joux, em Pontarlier, e em seguida como prisioneiro de guerra a Châlons-sur-Marne. Kleist ainda tenta o trabalho jornalístico, e em 1808 volta a Berlim, onde conhece vários escritores de sua época e onde permanece até a morte.

Passando por necessidades, acossado pela censura e internamente "tão ferido que eu quase poderia dizer que, quando ponho o nariz para fora da janela, a luz do dia que brilha sobre ele me dói", conforme carta de 10 de novembro de 1811 a Marie von Kleist, começa a ser dominado por pensamentos suicidas. Logo encontra uma companheira para o caminho previsto, a amiga Henriette Vogel, doente de câncer. A pedido de Henriette, Kleist a mata com um tiro e depois se suicida em 21 de novembro de 1811, aos 34 anos, junto ao Wannsee, um lago de Berlim. Henriette pede em carta de despedida que ambos sejam enterrados juntos "na fortaleza segura da terra". Os dois jazem exatamente no local do suicídio, hoje um ponto de peregrinação, já que os que tiravam a própria vida não podiam ser enterrados em um cemitério.

Não haviam sido poucas as vezes em que Kleist falara sobre o suicídio em suas cartas. Na derradeira, dirigida à sua meia-irmã Ulrike na manhã do sucedido, há uma sentença definitiva: "A verdade é que nada na Terra poderia me ajudar." Tranquilo, Kleist ainda agradece por todas as tentativas feitas no sentido de auxiliá-lo, e em seguida se despede, pedindo que seja dada à irmã pelo menos metade da alegria e da serenidade indizível que sente no momento em que decide levar o princípio sublime do fracasso às últimas consequências.

A obra

Heinrich von Kleist é, simplesmente, o autor de uma das novelas mais grandiosas da Alemanha (*Michael Kohlhaas*), da maior tragédia alemã (*Pentesileia*) e da principal comédia em sua língua (*A moringa quebrada*). Se a vida de Kleist se caracterizou pela busca incansável da felicidade e pelo encontro constante da desilusão, isso também se reflete em sua obra de maneira indelével. Bailando entre o romantismo e o classicismo, seu caminho é, antes de tudo, pessoal e subjetivo. Os temas são clássicos, os gestos são românticos, e o resultado é subjetivamente aterrador.

Na obra de Kleist o sujeito ideal, autônomo e com uma identidade claramente definida é questionado talvez pela primeira vez de maneira radical na história da literatura ocidental. A desmedida da explosão sentimental é levada às últimas consequências, a violência das imagens atinge os píncaros. Experimental e subjetivo, Kleist permaneceu esquecido por algum tempo, e só começou a ser revalorizado pela geração de Gerhart Hauptmann, Frank Wedekind e Carl Sternheim.

Foi na Suíça que Kleist escreveu seu primeiro drama, *A família Schroffenstein*, entre os anos de 1801 e 1802. Orientada no estilo dramático de Shakespeare, *A família Schroffenstein* tematiza, assim como as obras do bardo inglês, a disputa entre destino e acaso e a oposição entre juízo subjetivo e realidade objetiva. Da mesma época é a tragédia inacabada *Robert Guiscard*, na qual Kleist pretendeu unir os valores da tragédia grega às conquistas — outra vez — de Shakespeare, ao abordar a fatalidade do herói em meio às desgraças da peste. Kleist queimaria os trechos concluídos da tragédia por achar que não conseguira realizar literariamente o que esboçara mentalmente.

Quando Kleist se muda para Dresden, já bastante desiludido e alimentando pensamentos sombrios, escreve a comédia *A moringa quebrada* (1802-1806), talvez a mais conhecida de suas obras. No grande cenário do teatro universal, essa comédia é uma espécie de irmã espúria de *Édipo Rei*, e o juiz Adão, seu personagem principal, não deixa de ser um ridículo labdácida de peruca que aos poucos vai se desnudando em toda sua culpa. Aliás, tanto o herói da tragédia grega quanto o juiz da comédia alemã investigam, e o fato de Édipo, apesar de todos os alertas, *querer* descobrir e por fim descobrir aquilo que *não sabe* — ou seja, que é o culpado — dá o caráter trágico à peça de Sófocles, ao passo que o fato de o juiz Adão, apesar de todos os esforços e esquivas, *ter de* investigar aquilo que *sabe* e acabar sendo descoberto por todo mundo — ou seja, que é o culpado — dá o caráter cômico à peça de Kleist.

Mesmo nas comédias de Kleist — tome-se o *Anfitrião*, de 1807, fundamentado em Molière, como exemplo, embora *A moringa quebrada* também seja perfeita nesse sentido —, o que resta no final é o amargor da visão de mundo kleistiana. Se o crítico italiano Benedetto Croce, sempre preocupado em ver humor apenas mais ao sul do planeta e incapaz de compreender de verdade a contenção sorridente — amargamente sorridente — do norte, criticou uma obra como *A moringa quebrada*, Bjönstjerne Björnson, o dramaturgo norueguês, disse que poucas vezes lera algo tão divertido. Theodor Storm, um dos grandes representantes do realismo europeu, chegou a dizer que a peça era a única comédia alemã que lhe agradava do princípio ao fim. *A moringa quebrada* também foi traduzida por Boris Pasternak em 1914, e elogiada como uma das grandes obras do cânone literário alemão por Georg Lukács.

Em 1808, Goethe, que já esfacelara *A moringa quebrada*, partindo-a em três atos, recusa-se a permitir a encenação da tragédia *Pentesileia* no teatro de Weimar. Inspirada pelas tragédias de Eurípedes, a peça veria a luz do público pela primeira vez apenas em 1876. A dimensão moderna e profundamente psicológica alcançada pela linguagem de Kleist nessa tragédia em versos e a sequência de diálogos que se encadeiam um ao outro de maneira vertiginosa adquirem caráter musical, dionisíaco — sinfônico. *Pentesileia*, a obra mais avançada de Kleist, seu Michael Kohlhaas vestindo saia sobre o palco, inspiraria duas grandes peças da música: a composição de Hugo Wolf e a ópera de Othmar Schoeck.

Em 1810 Kleist publica dois volumes de novelas, interessantes e adiantadas em relação a seu tempo. Duas dessas novelas são verdadeiras obras-primas: *Michael Kohlhaas* e *A marquesa de O.* Ainda assim ambas são criticadas de forma avassaladora pelos críticos contemporâneos. Também narrativas mais breves como *O terremoto do Chile* mostram que Kleist vai às últimas consequências na abordagem da alma humana.

Assim como em Shakespeare, muitas das obras de Kleist são fundamentadas em figuras históricas, caso inclusive de Michael Kohlhaas. A diferença é que Kleist leva temas apenas esboçados por outros autores à perfeição de um grande debate e a um acabamento narrativo extraordinário, como no caso do príncipe de Homburgo, de Robert Guiscard, do já citado Kohlhaas e até do terremoto do Chile. *O príncipe de Homburgo*, sua última peça, elabora a condenação à morte de um general prussiano do século XVII. Já o drama *A batalha de Armínio*, de 1808, abordara a derrota de Varo ante o exército germano no século IX. Mas o nacionalismo de Kleist e seu amor à pátria alemã se revelam sobretudo em poemas como "Germânia a seus filhos" ("Germania an ihre Kinder") e "Canção guerreira dos alemães" ("Kriegslied der Deutschen").

O tom sombrio característico da obra de Kleist aparece logo em suas primeiras peças, notadamente na já mencionada *A família Schroffenstein*. A tragédia — que aborda com maestria o tema de Romeu e Julieta — evidencia o colapso do arcabouço otimista que orientava Kleist. O autor também percebe a incongruência existente entre a alma aqui dentro e o mundo lá fora, entre as exigências do eu e as obrigações familiares e civilizatórias, e antecipa de modo absolutamente simétrico — consideradas as diferenças de época e de contexto — sua própria obra *Michael Kohlhaas* e a obra inteira de um dos maiores autores do século XX: Franz Kafka.

Michael Kohlhaas

Franz Kafka nasceu em Heinrich von Kleist, Joseph K. é bisneto de Michael Kohlhaas. Mais que isso, o autor tcheco se proclamou parente do personagem alemão, aproximando e confundindo de uma só tacada os dois escritores e suas figuras. Kleist teria começado a escrever *Michael Kohlhaas* em 1805, quando tinha apenas 29 anos de idade. A novela seria publicada em sua versão definitiva em 1810, no primeiro volume de suas narrativas. Dois anos antes, em 1808, um trecho da obra já surgira na revista *Phöbus*, dirigida pelo próprio Kleist, que se orientou em uma coletânea de relatos históricos de Christian Schöttgen e Georg Kreysig* para criar seu personagem. No fundo, o Michael Kohlhaas de Kleist tem pouco a ver com o Hans Kohlhasen da vida real, comerciante em Cölln

---

* *Diplomatische Nachlese der Historie von Ober-Sachsen und angrentzenden Ländern*, de 1731. Na obra é contada a "Notícia de Hans Kohlhasen" (*Nachricht von Hans Kohlhasen*) do *Microchronologicum* de Peter Hafftiz, de 1595.

junto ao rio Spree, executado em 22 de março de 1540. Os autos do caso, de 1539, não chegaram às mãos de Kleist, mas sabe-se que o Kohlhasen histórico teve dois de seus cavalos roubados por um fidalgo Zachnitz, e que por isso tenta fazer justiça com as próprias mãos, incendiando várias casas em Wittenberg, mas não chega a perder a mulher, nem sofre às últimas consequências como o Kohlhaas literariamente bem-construído de Kleist.

A narrativa de Heinrich von Kleist é marcada por duas épocas conturbadas. A da escritura, entre 1805 e 1810, é a época das derrotas alemãs contra Napoleão. A Alemanha passa por uma situação política interna assaz complicada, com os príncipes divididos em relação ao conquistador francês. Kleist, nacionalista, era terminantemente contra a França e também tropeça no redemoinho dos acontecimentos. Já a época dos acontecimentos é a primeira metade do século XVI. O Estado absolutista começa a se estabelecer, mas o pensamento estatal da Idade Média continua influenciando a ordem social. O mundo oficial está apenas sendo construído, e novas zonas aduaneiras são inventadas, além das incontáveis já existentes, que impedem o princípio do progresso. Michael Kohlhaas representa um espasmo da Revolta dos Camponeses, terminada anos antes. O direito de tomar satisfações individualmente contra as injustiças cometidas, o assim chamado *Fehderecht*, que oficialmente fora abandonado, ainda era praticado à larga pela nobreza na época da novela. E Kohlhaas faz uso dele, contra os nobres, proclamando mandados, inclusive. Se ataca o principado inteiro, deixando um rastro de destruição por onde passa, é porque este se torna o refúgio do fidalgo que o espezinhou.

A novela é fundamentada em alguns binômios centrais, que sedimentam grandes embates filosóficos. De um lado o ideal subjetivo, do outro a realidade mundana; de um lado a liberdade individual, do outro a opressão governamental; de um lado o povo, do outro a nobreza; de um lado a missão social de um Estado nascituro, do outro o abuso de poder perpetrado por seus representantes. Direito e justiça se digladiam na arena da impotência. Afinal de contas, que meios são permitidos para buscar a justiça e punir a iniquidade cometida contra o sujeito? Ao avançar subjetivamente em busca de sua justiça, Michael Kohlhaas, a cada passo que dá, se aproxima bem mais do cadafalso do que da satisfação de sua demanda.

Kohlhaas é um anjo vingador, tem a alma voltada para questões grandiosas, para a realização da obra de Deus e para o combate às iniquidades. Mas é também um Narciso intocável, vaidoso até o fim quando elogiam a beleza de seus cavalos, que busca a satisfação pessoal e irredutível, a vingança pelas próprias mãos contra a injustiça que o vitima. É um homem que no varejo projeta a pequenez dos lucros que auferirá com a venda de seus cavalos em Leipzig, mas no atacado também percebe a precariedade da organização civilizatória. Michael é o arcanjo Miguel, anjo, mas guerreiro, dragão que devasta a terra e em última instância carrasco de si mesmo. Tem 30 anos, a mesma idade de Jesus no princípio de sua pregação, e também é executado, como o salvador, pouco depois do Domingo de Ramos. Messias do apocalipse, Kohlhaas recorre ao terror para fazer justiça e se mostra justo ao praticar atos terríveis, bailando entre a busca de uma modernidade equitativa que aponta para o futuro e a barbárie do embate homem a homem, anterior às primeiras leis, que favorece apenas os mais fortes. Sua luta pelo direito, no entanto, se transforma em vingança. Seu mandado é o da *fiat justitia, et pereat mundus* — faça-se justiça, ainda que o mundo sucumba a isso! —, e mostra que Goya estava certo ao dizer que o sonho, ou seria o sono, da razão gera monstros. Michael Kohlhaas é um homem bom e honrado que fracassa, mas sucumbe também como assassino e carrasco em luta por sua própria causa. Ele tenta de tudo para conseguir justiça, do pistolão do corregedor seu amigo à intervenção pessoal de sua mulher Lisbeth, e fracassa em todas as empreitadas. Tenta o ferro e o fogo, o fio da espada, os recursos da lei, a ajuda divina de Lutero e o auxílio diabólico da cigana, mas nada o desvia de seu inescapável fim. Seu caso desde o princípio não tem saída, e em determinado momento as coisas inclusive começam a andar por si, à revelia até dos que antes o condenavam, já que o príncipe eleitor da Saxônia tenta salvá-lo, mas a rede da realidade é tão complexa que nem ele o consegue mais.

O esboço formal da novela é igualmente complexo, e Kleist faz a luva da forma encontrar a mão do conteúdo. Os parágrafos são longuíssimos, e apenas alguns diálogos marcados com aspas, mas na maior parte eles aparecem sem qualquer marcação. E mesmo os marcados com aspas às vezes aparecem em discurso indireto livre, aumentando a confusão. Alguns são marcados por travessão, ou *Gedankenstrich* — o traço do pensamento, em alemão —, que pode indicar também quebra de parágrafo ou apenas pausa para reflexão, com valor equivalente ao das reticências aqui no Brasil. Já no primeiro parágrafo do original, há um travessão solto após a primeira frase, que significaria um tropeço na leitura da tradução, e por isso foi substituído por sua função precípua, a da quebra de parágrafo, recurso que aliás é usado até o final da tradução. Tudo que vem depois dessa primeira frase já não é mais certeza, e sim possibilidade, marcada pela mudança sutil no tempo verbal. A dúvida principia, a certeza acaba, desde o princípio...

A novela em sua configuração original é um enigmático tapete sem fim, em que tudo se encadeia em tudo até mesmo sem a respiração das quebras de parágrafos (o maior deles chega a ter 18 páginas no original), como já queria Marcel Proust, sem conseguir, em sua obra máxima. A dicção é acelerada, e se percebe que o tempo passa apenas porque o narrador registra temporalmente de modo minucioso o que acontece. São florestas de apostos que deixam o leitor ofegante, orações subordinadas e intercaladas em sequência alucinada, interpolações, vários planos narrativos, às vezes vários personagens encaixados na mesma ação de modo dinâmico. Há alguns "ele" (er) que precisamos decifrar para ver a quem se referem, já que por vezes são quatro, por vezes cinco os participantes da cena. Fosse outro o autor, isso seria impossível, em Kleist não deixa de ser fácil, apesar da frase intrincada.

O espectro dos personagens da novela também é amplo. Vai dos esfoladores, que são párias à época dos eventos, a Martinho Lutero, passando pelo imperador do Sacro Império Romano Germânico, que também dá as caras. O servo Herse é uma espécie de Sancho Pança que sucumbe, e há personagens reais e ficcionais interagindo, como aliás também aconteceria em outras obras do quilate de *A senhorita de Scuderi*, de E. T. A. Hoffmann,[*] escrita dez anos depois, apesar de ser uma marca

---

[*] A novela foi publicada nesta mesma coleção.

típica apenas do romance do século XX, inclusive de *Em busca do tempo perdido*, do já citado Marcel Proust.

O narrador de *Michael Kohlhaas* também é sutil e complicado. Paradoxal, desde o princípio afirma que Kohlhaas era um dos homens "mais justos" e "mais terríveis" de sua época, acabando com a identidade unívoca de seu objeto, sujeito da história. É o narrador que determina que Kohlhaas seja ao mesmo tempo anjo da justiça e dragão que devasta o território. Quando Kohlhaas despreza o príncipe eleitor da Saxônia, o narrador se mostra condescendente em relação a este e em determinado momento não hesita em falar em "negócios deploráveis" para se referir às atitudes de Kohlhaas, não o poupando também quando este lança seus manifestos grandiloquentes e autoincensantes, que chegam a falar em "governo universal provisório". Até pelo tratamento direto que confere ao herói, o narrador mostra que ora o admira, ora o despreza, conforme a situação. Quando o chama de *Rosskamm*, ou tratante de cavalos, usa um substantivo pejorativo, que literalmente significa "pente de cavalos", referindo o comerciante que alisa os pelos de seus cavalos para lhes esconder os defeitos e vendê-los melhor, ou seja, um tratante de cavalos, um negociante inescrupuloso, dado ao comércio ardiloso e velhaco de suas mercadorias. Quando está mais afeito a Kohlhaas, o narrador o chama de *Rosshändler*, um neutro "comerciante de cavalos", que aliás passa a ser o único termo empregado na parte final do romance.

Os sentimentos de Kohlhaas e os dos outros personagens se revelam por ações, o herói se desnuda pelo que faz, pelo que diz, como seria bem mais tarde em Henrik Ibsen, como seria em Arthur Schnitzler mais tarde ainda. Há uma grande poética dos gestos na novela, que vai do sorriso ao desmaio, do aceno de mão ao impropério. Há cérebros que explodem no chão sem que o narrador se erice. Nem quando um açougueiro vai tirar água do joelho em frente a um punhado de nobres o narrador manifesta qualquer espanto. Às vezes, ele deixa ao leitor imaginar o que aconteceu, ou diz que as crônicas nas quais se baseia não são conclusivas a respeito de determinado fato e deixa tudo em suspenso. Mas, ao mesmo tempo, o narrador descreve Kohlhaas com a mais absoluta precisão, quando este por exemplo tenta atender à cobrança do guarda aduaneiro logo no princípio da novela, e tira com dificuldades as moedas de seu capote balançando ao vento. O detalhe micrológico é cirúrgico.

A linguagem da novela também vai do mais baixo calão, passando pelo jargão judiciário empolado e chegando ao mais lustroso tom do trato social. A obra é dominada pela factualidade mais pura, por uma sucessão vertiginosa de acontecimentos, pela precisão da ação, abrangente ou restrita, por uma objetividade absoluta que mais tarde caracterizaria Flaubert, que foi gênio também por ser genuíno, original, mais de cinquenta anos depois. Tanto que Erich Auerbach diria na *Mímesis* ver já em Kleist a possibilidade de um grande autor realista, que não se concretizaria definitivamente apenas porque ele morre cedo demais para tanto, em 1811.

Por tudo isso, o personagem Michael Kohlhaas é uma porta aberta à interpretação, ampla e evasiva. As contradições são extremas, e todo mundo lê no herói o que quer, insere no texto a ideia que melhor lhe aprouver. Mais do que qualquer outra, *Michael Kohlhaas* é uma "obra aberta", um palco em que qualquer um se julga no direito de fazer dançar suas próprias ideias, por mais absurdas que sejam. Se o filósofo Ernst Bloch viu nele um Dom Quixote com uma moralidade burguesa das mais rigorosas,* Kohlhaas já foi comparado a um terrorista, a um justiceiro, a um grande homem cheio de princípios e inclusive a um nazista e até diretamente a Hitler, por Jean Cassou, que lembra a monstruosidade cada vez mais intensa de complexos de inferioridade que afloram, a ausência de uma pretensão realmente fundada, a glorificação de um estranho dilúvio, terminando por dizer que "Hitler está por inteiro nisso".**

No fundo, o "herói" Kohlhaas é, antes de mais nada, um John Locke obrigado a pegar em armas, um filósofo liberal de espada na mão. Abandona o pacto social, que não lhe concede a satisfação legal que lhe é devida, e busca o direito natural do ser humano. Sua marca é a desproporção, o orgulho magoado e o desejo de vingança, afinal de contas até sua mulher foi morta. Ele talvez nem mesmo saiba que não chegou a esgotar todas as instâncias, já que o príncipe eleitor nem sequer sabia de sua queixa. Ou será que Kohlhaas sabe que o príncipe eleitor, sendo a ordem tão intrincada, provavelmente jamais soubesse dela algum dia? Afinal de contas, Kohlhaas desde o princípio já carrega sobre os ombros aquilo que Kleist chama de "penúria geral do mundo" e conhece "muito bem a frágil constituição do mundo".

Quando exigem de Michael Kohlhaas um documento que sequer existe, é como se ele acordasse pela manhã, muito tem-

---

* *Unverworrene Idee, Übereinstimmung des Willens mit dem Endzweck* no ensaio *Über den Begriff Weisheit*, 1953, Gesamtausgabe em 16 volumes (Suhrkamp), volume 10, p. 355-395, p. 376.
** Citado por: Friedmar Apel, *Kleists Kohlhaas: ein deutscher Traum vom Recht auf Mordbrennerei*. Berlim, Verlag Klaus Wagenknecht, p. 144.

po depois e já em Praga, e descobrisse sem mais que estava detido. Por quê? Mas se lhe pedem o documento, é porque ele deve existir, e aí principia o *processo*... Os cavalos que Kohlhaas deixa em penhor pelo documento que não possui e não existe são consumidos em trabalhos indevidos e a queixa ante o príncipe eleitor da Saxônia é rechaçada por parentes do fidalgo usurpador antes mesmo de chegar a ele. Tudo acontece indiretamente, ninguém faz nada diretamente. Também não é o fidalgo que ordena a penhora e o uso abusivo dos cavalos, mas sim o alcaide e o administrador do castelo. Assim como não é o príncipe eleitor que rechaça a queixa, mas sim seus assessores, ademais aparentados do fidalgo. O fidalgo Wenzel von Tronka na verdade não tinha a menor ideia sobre a administração de seu castelo e a amplitude do Estado não pode ser abarcada pelo príncipe eleitor. Não se consegue estabelecer com certeza onde está a origem do descalabro num mundo que desde sua origem parece muito bem "administrado". Kafka nasceu, embora Kohlhaas ainda reaja contra "a desordem assim tão monstruosa" do mundo e postule instaurar uma "nova e melhor ordem", e as coisas já são, como diria Musil sobre o seu próprio mundo, mais de um século depois: "Por toda parte onde existem essas duas forças, um mandante de um lado, e uma administração de outro, surge por si o seguinte fenômeno: (...) O mandante não entra diretamente em contato com a execução, e os órgãos de administração ficam protegidos porque não agem por motivos pessoais mas como funcionários."* Não são poucos os parágrafos ou frases que começam com expressões como "então aconteceu que",

---

* *O homem sem qualidades*, 3a impressão, Rio de Janeiro, Nova Fronteira, p. 454.

mostrando de uma maneira direta como o acaso — ou o que quer que seja — também interfere na ordem das coisas, impossibilitando ainda mais que elas sigam a ordem impotente determinada por homens premidos pelo fado e acorrentados a seu destino. Em dado momento, até a chuva volta a cair, impedindo que o fidalgo von Tronka e Kohlhaas cheguem a um acordo; e é quando as coisas começam a desandar de jeito. E esta não é nem de longe a única vez em que chove na novela, também a abadia de Erlabrunn não é reduzida a cinzas em razão de uma tempestade repentina.

Na tentativa de buscar justiça, Kohlhaas vai deixando seus pedaços pelo caminho. A primeira grande perda é sua mulher, que acaba morrendo depois de ser espancada, ao tentar ela mesma ajudar o marido. Sabendo definitivamente que não encontrará justiça por meios legais, Kohlhaas começa sua guerra pessoal contra o fidalgo Wenzel von Tronka, arrasando seu castelo e matando todos os que vivem dentro dele, menos o fidalgo, que consegue fugir. O centro do poder jamais é tocado, ele é fugidio, liso, inatingível. Depois disso são queimadas várias cidades que teriam concedido abrigo ao fidalgo, enquanto o bando de Kohlhaas vai aumentando cada vez mais, alimentado por aqueles que também veem a injustiça onipresente grassando a sua volta. Em seguida há o grande acordo com Lutero, que o condenara anteriormente, e o salvo-conduto que permite a Kohlhaas ir até Dresden para apresentar sua queixa mais uma vez e pessoalmente diante do tribunal. As mentiras, no entanto, apenas aumentam, e inclusive são buscadas provas falsas de que o rebelde não se redimiu. Um antigo companheiro, Nagelschmidt, que continua saqueando com os restos do bando de Kohlhaas, chega a ser declarado representante do chefe de outrora, quando na verdade é seu inimigo mortal. A guerra de informações é bem moderna, conduzida por cartazes afixados por ambas as partes em locais públicos. E a nobreza governante também toma suas decisões observando a popularidade de Kohlhaas, recuando e avançando ao sabor da conveniência. O poder constrói mentiras que sustentam a aniquilação de um suposto perigo, depois de pichá-lo e inventar justificativas que o denigram.

Até que Kohlhaas é enfim levado e submetido à prisão domiciliar sem mesmo sabê-lo, e a espionagem, a guerra de ideias continuam. Até a política mundial é envolvida, e as discórdias entre a Polônia e a Saxônia passam a interferir na causa subjetiva de Kohlhaas nessa grande paródia ainda extremamente atual, de dimensões universais. Se o bando de Kohlhaas aumenta tanto, aliás, é também porque a Saxônia está abatida e pobre após a guerra com a Polônia, e porque a nobreza continua usando o tacão para se dirigir ao povo, mandando e desmandando a seu bel-prazer.

Kohlhaas também age sem parar em oposição à passividade de seu oponente maior, o príncipe eleitor da Saxônia. Enquanto o comerciante de cavalos golpeia o mundo à sua volta, o príncipe eleitor estaca, fica paralisado, quando não desmaia. A omissão do nobre torna necessária a ação do comerciante, que se mostra tão ativo que não pensa, não reflete. Em determinado momento, Kohlhaas chega a pensar em deixar tudo para trás e fugir para um lugar em que o sol não ilumine mais nenhuma cara conhecida, e começar tudo do zero em outra e nova ordem. Mas as circunstâncias acabam mantendo seu devir nos trilhos anteriores e o gesto, quando ele o esboça, está fadado ao fracasso antes mesmo de ser levado a cabo, já que o poder havia cooptado o instrumento que pensava usar em seu favor, o servo mandado por seu inimigo e outrora comandado Nagelschmidt. O que Kohlhaas imagina ser um plano de fuga já é de antemão uma armadilha. Até os deslizes e eventuais incoerências pouco importam e se perdem no roldão da narrativa, apontando também eles para o destino inexorável do personagem. O homem que representa a ordem divina, Martinho Lutero, não consegue ajudá-lo, ainda que lhe conceda a vitória final na causa jurídica que buscou desde o princípio. A mulher que representa a ordem diabólica, a cigana, até conseguiria ajudá-lo, se ele não usasse voluntariamente o instrumento que ela lhe consegue para buscar sua vingança redentora, virando o carrasco de si mesmo.

No fim, Kohlhaas consegue o que queria e os cavalos lhe são restituídos em pleno vigor, mas apenas depois de ter perdido tudo, de ter botado o mundo de cabeça para baixo, e de perder inclusive sua vida, condenado à decapitação. Sua vingança final reside no fato de engolir o bilhete que apresenta o destino da Saxônia, o principado que o abateu. A Polônia ainda intervém no desfecho da narrativa, fazendo com que o príncipe eleitor da Saxônia tente conseguir justiça a Kohlhaas, impedindo que este seja executado. Se Kohlhaas se arma contra um Estado que permite a injustiça, acaba executado como ladrão e assassino justamente devido ao amor exacerbado por um ideal fantasmagórico de justiça. Kohlhaas é a virtude que vira vício porque é desmedida, e não aprendeu com Riobaldo que querer o bem com demais força já é, de incerto jeito, querer o mal por principiar.

Kohlhaas é, assim, uma criança virando Átila, um homem íntegro que termina criminoso por querer fazer justiça e sucumbe à espada do carrasco depois de arrancar da justiça o gládio que passa a brandir a torto e a direito, fazendo o trono de um soberano tremer e colocando em perigo a ordem de um principado inteiro e por extensão do mundo administrado. Kohlhaas luta contra a justiça para fazer prevalecer a própria justiça, age contra a lei para aplicar a própria lei. Busca o absoluto de modo implacável e irrefreável, embora não queira mais do que atingir o culpado inatingível. Não tem nem a sabedoria de recuar e se resignar, como fez Shylock ao perceber que não teria seus direitos atendidos. Ao final, mesmo atendida sua demanda inicial depois dos escombros que deixou à sua volta, resta a Kohlhaas apenas usar o papelzinho da cigana, cigana que quase assume o papel de sua mulher rediviva — inclusive no nome parecido —, como instrumento de vingança, estabelecendo nele a possibilidade de morrer tranquilo, mas morrer, ainda que pudesse negociar a própria vida se revelasse o conteúdo do bilhete ao príncipe eleitor. Michael Kohlhaas devora o bilhete como se fosse uma comunhão, como a última, reconciliadora e redentora ceia de um condenado que vira seu próprio carrasco, mas salva sua "honra" de homem contra a injustiça do mundo lá fora e ainda pavimenta o caminho seguro de sua descendência.

Adendo — A forma do original

O primeiro e o segundo parágrafo, para que os interessados percebam como é complicada a forma da novela, apresentam-se assim no original:

Às margens do rio Havel vivia, em meados do século XVI, um comerciante de cavalos chamado Michael Kohlhaas, filho de um mestre-escola e um dos homens mais honestos e ao mesmo tempo mais terríveis de sua época. — Esse homem extraordinário poderia ter sido considerado, até seu trigésimo ano de vida, o modelo de um bom cidadão. Ele possuía, em uma aldeia que ainda traz seu nome, uma quinta na qual ganhava tranquilamente o pão com seu ofício; os filhos que sua mulher lhe deu, ele os criou no temor a Deus, para o trabalho diligente e a lealdade; não havia um só entre seus vizinhos que não tenha se alegrado algum dia com sua caridade ou com sua justiça; resumindo, o mundo teria de abençoar sua memória, caso ele não tivesse se excedido em uma virtude. O sentimento de justiça, porém, fez dele um bandoleiro e um assassino.

Certa vez Kohlhaas cavalgou, com uma tropa de cavalos jovens, todos bem-alimentados e lustrosos, ao estrangeiro, e pensava justamente em como haveria de aplicar o lucro que esperava fazer com eles no mercado: em parte, seguindo o exemplo dos bons comerciantes, em novos lucros, mas em parte também para desfrutar o presente. Foi quando chegou ao rio Elba e encontrou, junto à fortaleza imponente de um cavaleiro, já em território saxão, o tronco de uma cancela levadiça que antes jamais existira naquele caminho. Ele parou com seus cavalos, em um momento em que a chuva caía torrencialmente, e chamou pelo guarda da cancela, que logo em seguida olhou pelo postigo, mostrando um rosto amofinado. O comerciante de cavalos ordenou que ele lhe desse passagem. O que há de novo por aqui?, perguntou, quando o guarda da cancela, depois de um bom tempo, re-

solveu sair da casa. Privilégios de terras soberanas, respondeu este, já abrindo: concedidas ao fidalgo Wenzel von Tronka. — Pois bem, disse Kohlhaas. O fidalgo se chama Wenzel? E olhou para o castelo, que se destacava em meio ao campo com seus merlões brilhantes. O antigo senhor morreu? — Morreu de um derrame, replicou o guarda, fazendo o tronco da cancela levadiça se erguer. — Hum! Que pena!, acrescentou Kohlhaas. Era um homem idoso e digno, que se divertia com o trânsito de pessoas, e ajudava o comércio e as transformações do jeito que podia, e no passado inclusive mandou construir uma barragem de pedra, só porque uma égua minha quebrou uma perna lá onde o caminho leva para o povoado. Mas e então, quanto devo? — ele perguntou; e pegou com dificuldade os vinténs que o guarda exigia de dentro do capote que esvoaçava ao vento. "Pois é, meu velho", ele acrescentou ainda, já que o guarda murmurava rápido!, rápido!, e praguejava contra a intempérie, "se esse tronco tivesse ficado em pé na floresta teria sido melhor para mim e para vós", e com isso lhe deu o dinheiro e quis cavalgar adiante. Ele mal chegara debaixo do tronco da cancela levadiça, contudo, quando uma nova voz, gritando: alto lá, tratante de cavalos!, ecoou atrás dele, vinda da torre, e viu o alcaide fechar uma janela e descer às pressas até onde ele estava. Pois bem, o que será que há de novo?, perguntou Kohlhaas com seus botões e parou os cavalos. O alcaide, ainda abotoando um colete sobre o corpo volumoso, chegou, e perguntou, dando as costas à tempestade, pelo salvo-conduto. — Kohlhaas perguntou: o salvo-conduto? E disse, um tanto embaraçado, que, segundo o que sabia, não possuía nada parecido; mas que por favor lhe descrevessem que troço mais importante era aquele, pois talvez casualmente o tivesse consigo. O alcaide, olhando de lado para ele, replicou que sem um certificado de passagem para as terras do fidalgo nenhum tratante de cavalos podia cruzar a fronteira. O tratante de cavalos garantiu que cruzara a fronteira dezessete vezes em sua vida sem um certificado como aquele; que conhecia muito bem todas as disposições relativas àquelas terras no que dizia respeito a seu negócio; que aquilo por certo seria apenas um engano, que ele prometia reconsiderar e que por favor o deixassem seguir adiante logo, já que sua viagem seria longa. Mas o alcaide replicou que ele não passaria assim sem mais por ali pela décima oitava vez, que o decreto havia entrado em vigor apenas há algum tempo, e que ele deveria adquirir o salvo-conduto ali mesmo ou teria de voltar para o lugar de onde viera. O comerciante de cavalos, que já começava a se exasperar com aquelas extorsões ilegais, apeou depois de refletir um pouco, deixou-o com um servo, e disse que falaria ele mesmo com o fidalgo von Tronka a respeito do caso. E logo se dirigiu ao castelo; o alcaide o seguiu, murmurando algo a respeito de endinheirados sovinas e sangrias assaz úteis em suas bolsas; e assim, medindo-se mutuamente com seus olhares, ambos entraram na sala. Naquele exato momento o fidalgo se encontrava levantando copos com alguns amigos mais animados e, devido a uma piada qualquer, uma gargalhada infinda acabava de soar entre eles quando Kohlhaas se aproximou a fim de encaminhar sua queixa. O fidalgo perguntou o que ele queria; os cavaleiros, ao perceberem o homem estranho, fizeram silêncio; mal este principiara sua reivindicação no que dizia respeito aos cavalos, porém, e o bando inteiro já gritava: cavalos? mas onde eles estão?, e corria para as janelas no intuito de contemplá-los. Ao ver a magnífica tropa, desceram voando ao pátio, seguindo a sugestão do fidalgo; a chuva cessara; alcaide, administrador e servos se reuniram em torno deles, e todos inspecionaram os animais. Um louvava o alazão com a estrela na testa, o outro agradava o baio, o terceiro acariciava o malhado de manchas pretas e amarelas; e todos achavam que os cavalos eram lustrosos como cervos, e que no território inteiro não eram criados outros melhores do que eles. Kohlhaas replicou animado que os cavalos não eram melhores do que os cavaleiros destinados a montá-los; e animou-os a comprá-los. O fidalgo, que se mostrava assaz encantado com o alazão imponente, perguntou logo pelo preço do mesmo; o administrador lhe recomendou comprar uma parelha de morzelos que ele, devido à falta de animais, achava que saberia usar muito bem na propriedade; mas quando o tratante de cavalos havia detalhado quanto queria, os cavaleiros acharam o preço elevado demais, e o fidalgo disse que ele deveria cavalgar até a távola redonda e procurar o rei Artur se quisesse aquilo tudo por seus animais. Kohlhaas, que viu o alcaide e o administrador sussurrando enquanto lançavam olhares significativos aos morzelos e seguindo uma vaga intuição, não deixou faltar em nada para conseguir se livrar dos cavalos, vendendo-os a eles. Disse ao fidalgo: "Senhor, comprei os morzelos há seis meses por 25 florins de ouro; se me derdes 30, eles serão vossos." Dois cavaleiros que estavam ao lado do fidalgo expressaram de modo bastante claro que os cavalos por certo valiam aquilo; mas o fidalgo achou que pelo alazão com certeza abriria o bolso, mas não pelos morzelos, e fez men-

ção de se afastar; ao que Kohlhaas disse que da próxima vez, quando passasse de novo por ali com seus corcéis, talvez entrasse em negócio com ele; fez uma reverência ao fidalgo, e logo pegou as rédeas do cavalo para partir. Nesse instante o alcaide se destacou do grupo e perguntou se ele não ouvira que não podia viajar sem um salvo-conduto. Kohlhaas se virou e perguntou ao fidalgo se essa circunstância, que acabava com todo seu ofício, era de fato correta? O fidalgo respondeu, de rosto embaraçado, já indo embora: sim, Kohlhaas, precisas adquirir o salvo-conduto. Fala com o alcaide e depois segue teu caminho. Kohlhaas lhe garantiu que não tinha a menor intenção de desrespeitar prescrições que poderiam existir acerca do translado dos cavalos; prometeu providenciar o documento na chancelaria quando passasse por Dresden e pediu que só por essa vez, já que nada sabia a respeito da exigência, o deixasse partir. Pois bem!, disse o fidalgo, uma vez que as condições do tempo voltavam a piorar e o vento cortava seus membros magros: deixem o pobre-diabo ir embora. Venham!, disse a seu cavaleiros, deu meia-volta, e quis seguir em direção ao castelo. Mas o alcaide disse, voltado para o fidalgo, que o homem deveria deixar pelo menos alguma penhora, a fim de garantir que providenciaria o salvo-conduto. O fidalgo parou mais uma vez junto ao portão do castelo. Kohlhaas perguntou, qual o valor que deveria empenhorar, em dinheiro ou em objetos, por causa dos cavalos? Murmurando em meio à barba, o administrador achou que ele poderia deixar os próprios morzelos. De qualquer modo, disse o alcaide, seria isso o mais recomendável: quando o salvo-conduto tivesse sido providenciado, ele poderia retirar os cavalos a qualquer hora. Kohlhaas, *confuso ante uma exigência tão desavergonhada, disse ao fidalgo, que segurava as abas do gibão junto ao corpo tremendo de frio, que isso seria impossível, pois queria vender os morzelos; este, porém, uma vez que no mesmo instante uma rajada de vento lançou toda uma carga de chuva e de granizo pelo portão, exclamou, a fim de botar um ponto final na questão: se ele não quiser abrir mão dos cavalos, joguem-no outra vez por cima do tronco da cancela; e foi embora. O tratante de cavalos, que por certo percebia que não era recomendável apelar para a violência naquelas circunstâncias, decidiu-se a atender a exigência, até porque não lhe restava alternativa; desatrelou os morzelos e os levou a um estábulo que lhe foi apontado pelo alcaide. Deixou um servo com os animais, providenciou algum dinheiro para o mesmo e exortou-o a ficar atento aos cavalos até que voltasse, e com o resto da tropa prosseguiu sua viagem a Leipzig, onde pretendia participar da feira, elucubrando consigo mesmo, em dúvida, se não teriam de fato criado uma lei semelhante para dar conta da florescente criação de cavalos na Saxônia.*

A confusão entre travessões, aspas e diálogos sem qualquer marcação, mais o uso do discurso indireto, é bastante grande. Daí a opção pela simplificação parcial da forma na tradução, quebrando o parágrafo toda vez que no original aparece um travessão e dando uma abertura a mais a cada vez que no original é quebrado o parágrafo. As aspas do original que marcam determinadas falas também são eliminadas na tradução, assim como as aspas simples que aparecem em outros diálogos, a fim de não confundir o leitor, e o discurso dos personagens é apresentado modernamente sem quaisquer marcações, deixando claro que a forma do original é inovadora e respeitando-a, portanto, em sua inovação. As aspas ficam reservadas apenas, na tradução, aos trechos que anunciam documentos por escrito. No original, esses trechos também aparecem destacados com aspas, tal qual alguns dos diálogos, o que aumenta ainda mais a confusão e a indistinção, sobretudo à primeira e à segunda vista.

Sobre o organizador e tradutor

MARCELO BACKES é escritor, professor, tradutor e crítico literário. Mestre em Literatura Brasileira pela Universidade Federal do Rio Grande do Sul, doutorou-se aos 30 anos em Germanística e Romanística pela Universidade de Freiburg, na Alemanha, uma das mais tradicionais e antigas da Europa, a mesma em que Heidegger foi reitor.

Natural do interior de Campina das Missões, na hinterlândia gaúcha, Backes supervisionou a edição das obras de KARL MARX e FRIEDRICH ENGELS pela Boitempo Editorial e colabora com diversos jornais e revistas no Brasil inteiro. Conferenciou nas universidades de Viena, de Hamburgo e de Freiburg, em Berlim, Frankfurt e Leipzig, no Rio de Janeiro, em São Paulo, Fortaleza e Porto Alegre, entre outras cidades, debatendo temas das literaturas alemã e brasileira, da crítica literária e da tradução.

É autor de *A arte do combate* (Boitempo Editorial, 2003) — uma espécie de história da literatura alemã focalizada na briga, no debate, no acinte e na sátira literária —, prefaciou e organizou mais de duas dezenas de livros e traduziu, na maior parte das vezes em edições comentadas, cerca de quinze clássicos alemães, entre eles obras de GOETHE, SCHILLER, HEINE,

Marx, Kafka, Arthur Schnitzler e Bertolt Brecht; ultimamente, vem se ocupando também da literatura alemã contemporânea, e de autores como Ingo Schulze, Juli Zeh e Saša Stanišić, entre outros, que não apenas traduz, mas inclusive apresenta a editoras brasileiras, e depois prefacia e comenta em ensaios e aulas.

Entre 2003 e 2005, foi professor na Albert-Ludwigs-Universität em Freiburg, onde lecionou Teoria da Tradução e Literatura Brasileira. Sua tese de doutorado, sobre o poeta alemão Heinrich Heine (*Lazarus über sıch selbst: Heinrich Heine als Essayist in Versen*), foi publicada em 2004, na Alemanha. Em 2006, publicou *Estilhaços* (Record), uma coletânea de aforismos e epigramas, sua terceira obra individual e sua primeira aventura no âmbito da ficção. Em 2007 publicou o romance *maisquememória* (Record), no qual adentra livremente o terreno antigo da narrativa de viagens, renovando-a com um tom picaresco de recorte ácido e vezo contemporâneo; o romance teve os direitos comprados pela editora Mlada Fronta, da República Tcheca. Em 2010, também pela Record, publicou *Três traidores e uns outros*, um romance em quatro episódios. Em 2013, a Companhia das Letras publicou seu romance *O último minuto*, e em 2014 o romance *A casa cai*.

Desde 2010 organiza e traduz, para a editora Record, as grandes obras de Arthur Schnitzler. Em 2010, foi tradutor residente da representação diplomática da Academia Europeia de Tradutores, por três meses, e ganhou uma bolsa de escritor, também de três meses, da Academia de Artes de Berlim.

Fanfarrões, libertinas & outros heróis
Organização de Marcelo Backes

Volumes já publicados:
A senhorita de Scuderi, de E. T. A. Hoffmann
O faraó, de Bolesław Prus
Naná, de Émile Zola
A extraordinária carreira de Nicodemo Dyzma, de Tadeusz Dołęga-Mostowicz

Este livro foi composto na tipologia The Serif Light,
em corpo 10/15, e impresso em papel off white
pelo Sistema Cameron da Distribuidora Record
de Serviços de Imprensa S.A.